KB059699

바람이
사는
꺽다리집

바람이 사는 꺽다리 집

황선미 장편소설

사계절

시장 귀퉁이에서
문득문득
아직도 내 발걸음을 잡아 세우는
어머니께 바칩니다.

차례

1. 이사

색을 더 입혀야 돼. 그래야 곱지.

여자가 빙긋 웃으며 채반을 그늘 쪽으로 밀었다. 채반에 깔린 색색의 은행들을 만질 수 없는 게 나는 안타까웠다. 무명천 위의 노랑, 초록, 보라, 연분홍색 은행들. 저렇게 고운 색이 어디서 났을까.

말려서 색색으로 줄게.

여자가 토끼를 안아 올리며 말했다.

내일 와.

가슴에 포옥 안기는 토끼가 꼭 아기 같다. 실로 짠 조끼를 입은 토끼. 작은 네 발에 덧버선까지 신겨져 있다.

사람들이 앉은뱅이라며 혀를 차지만 여자는 솜씨가 좋다. 날마다 마루 끝에 앉아서 바깥을 내다보며 바느질하는 여자가 나는 두려우면서도 늘 궁금했다. 새벽부터 논밭으로 나가야 하는 사람들. 겨우 발걸음 떼는 아기들까지 흙발이 되는 촌에서 여자만은 곱고 정갈하다. 검은 머리는 햇살이 미끄러지듯 반지르르하고, 결코 더러워지지도 빛바래지도 않을 것처럼 선명한 옷 색깔. 봉당에 가지런히 놓여 있기만 한 꽃신. 간혹 바느질을 멈추고 나른한 햇살에 뺨을 내맡긴 채 미동도 않고 있으면 환각인 듯 비현실적으로 느껴지기까지 하는 여자라 그녀의 마당에 발을 들이려면 용기가 필요했다. 그럴 줄 알았다는 듯 조용히 바라봐 주어 얼마나 다행인지.

여자의 눈치를 보며 토끼를 향해 손을 뻗었다.

연재야아!

선뜩한 느낌. 소스라치게 놀라는 순간 여자가 희미해졌다. 볕이 환하게 들던 마루도 색색의 은행들도 거짓말처럼 아득해졌다.

"발딱 일어나!"

아프게 찔린 애벌레처럼 몸을 잔뜩 웅크렸다. 그러나 목덜미에 닿는 선뜩한 감촉은 냉정하다. 단잠을 싸늘하게 후리어 간 손길이 무례하기 짝이 없어도, 불쾌해도 어쩔 수 없다.

"당장 못 일어나니!"

우악스레 이불을 걷어치우고 어깨를 잡아 일으키는 손. 엄마가 모지락스럽게 굴 때마다 나는 생각한다. 이건 다 꿈이야.

부당하고 나쁜 꿈. 이 꿈에서 깨 보면 색색의 은행이 내 손에 있고 엄마도 마당에 새하얀 홑이불을 널던 그때처럼 상냥하게 웃고 있을 거야.

엄마 옷자락에 스민 새벽바람이 서늘하게 옮아오는 걸 느끼며 눈을 비볐다. 아직 문밖이 어둑하다.

찡그린 채 방 안을 둘러보았다. 흐트러진 이부자리와 잠에 곯아떨어진 형제들뿐이다. 다시 희미해져 버린 꿈. 내일 와. 여자의 말소리가 아직도 귀에 남아 있는데. 꿈은 늘 아쉽다. 그여자가 정말 고향 집 이웃에 살았을까. 그냥 꿈인가, 내 상상이 만들어 낸. 어쨌든 은행을 받으러 가기에는 시간이 너무 지나 버렸다. 게다가 여기는 거기서 너무 멀다. 기차에서 자다 깨기를 반복하며 새벽녘에 도착한 탓일 거다. 고향 집이 어둠 저 너머 다시는 돌아가지 못할 곳처럼 불안하게 느껴지는 건.

"오늘 넌 학교 가지 마. 짐이나 잘 챙겨."

엄마가 잠이 덜 깬 막내를 둘러업고 포대기로 야무지게 동여맸다. 그리고 함지와 똬리를 챙겨 들고 총총히 대문을 나섰다. 나는 쪽마루에 서서 엄마의 옷자락이 사라지는 걸 지켜보았다. 별이 총총한 새벽이건만 엄마 발길은 바쁘다. 객사리에 살게 된 뒤부터는 늘 저랬다. 가져올 돈이 안 생기면 집에도 못 오는 아버지 대신 생선 팔러 다니느라. 이삿짐을 내가야 하는 오늘까지도.

다시 이부자리를 파고들어 눈을 감았다. 꿈이 이어지기를 바랐으나 여자 얼굴도 토끼도 가물가물하다. 깨고 나면 이상하게 슬퍼지는 꿈. 이제는 잘 모르겠다. 그런 일이 진짜로 있었던 것 같기도 하고 꾸며 낸 얘기 같기도 하다. 어쨌거나 여자가 말한 내일은 벌써 수백 번이나 지나가 버렸다.

"도대체 누가 이삿짐 단도릴 할 거여."

주인집 노인이 구시렁거리는 소리가 들려왔다. 웬일로 셋집 앞까지 비질하며 잠을 깨우고 있다. 셋집에 애들이 너무 많다고 늘 잔소리하던 노인이다.

"뭐 하나라도 붙어 갈지 누가 알 거냐고오. 이런 날까지 장엘 가! 쯧쯧, 지독한 여편네. 아이고, 모지락스러워."

사는 동안 내내 겪어서 그런 할망구인 줄은 알지만 떠나는 날까지 의심쩍어하니 분하다. 엄마를 향한 비난에 오빠의 곤하던 숨소리가 사라졌다.

"넌 밥상 가져오고, 너희들은 세수하고 와."

오빠에게 쫓겨 동생들은 우물로 가고 나는 부엌으로 갔다. 부엌문 옆에 궤짝이 꾸려져 있고 큰 솥 안에 작은 냄비와 바가지까지 켜켜이 들어 있었다. 부뚜막에는 단출하게 소반이 차려져 있다. 새벽같이 엄마가 차려 둔 아침밥이다.

"엄마가 학교 가지 말래. 짐이나 챙기라고."

부루퉁한 내 말을 오빠는 잠자코 듣기만 했다. 오빠가 그러라고 하면 꼼짝없이 따라야 한다. 오빠 연후는 한 달에 한 번 집에 오는 아버지 다음이다. 물론 엄마 다음이지만 엄마가 오빠 말에는 토를 달지 않으니, 오빠는 엄마와 대등하거나 엄마 이상일 때가 많다.

부지런히 설거지해서 그릇들을 궤짝에 포개어 넣고 오빠를 도와 이불도 보자기에 꼭 쌌다. 궤짝에 보따리 몇 개가 전부일 뿐 제대로인 가구 하나 없는 이삿짐이다.

"집에만 있어. 어디 가서 안 보이면, 우리끼리 갈 거야."

오빠가 새겨들으라는 듯 이르자 어린 연미와 연경이는 침을 꼴딱 삼키며 고개를 끄덕였다. 책보를 만지작거리며 눈치 보는 나에게 오빠는 눈길도 주지 않았다.

"학교 안 가?"

툭 내뱉고 꼿꼿하게 마당을 가로질러 가는 오빠. 서둘러 책보를 허리에 차고 따라 나가는데 다른 셋방 어른들이 두런거리는 소리가 뒤따라왔다.

"애들끼리 이사할 모양이네. 저런 아들 있으면 뭔 걱정이여. 저 애비는 객지로 떠돌아다녀도 배부를걸."

가슴이 두둑해지는 기분이었다. 겨우 두 살 위지만 오빠 연후는 나보다 머리 하나만큼 더 크고 공부도 뛰어나다. 엄마가 학교에 들락거리지 않아도 반장을 맡아 놓고 할 정도로 알아주는 우등생이다. 열세 살밖에 안 됐어도 또래 애들과는 비교할 수 없는 오빠인 것이다. 적어도 나한테는 그랬다.

공부가 끝나자마자 부리나케 달려왔다. 쪽마루에 오도카니 앉아 있던 연미가 배고프다며 달라붙었지만 못 들은 척 방으로 갔다. 이런 날 점심이 있을 리 없다. 연미는 언제나 먹을 것 타령이다. 식구들 점심을 혼자 꾸역꾸역 다 먹어 치운 적도 있을 정도로 식탐 많은 애가 끼니를 걸렀으니 당연하다. 뭐든 가리지 않고 먹어 대고 바닥이 보여야 먹기를 그치는 통에 언제나 배가 터질 것처럼 불룩해도 연미는 얼굴빛이며 손바닥이 노랗고 어깨뼈가 앙상하다.

짐 보따리를 쪽마루까지 끄집어내는 나를 건넌방 아줌마가 채소를 다듬으며 무심히 건너다보곤 했다. 어쩨 어색하고 낯선 눈빛. 떠나갈 사람들과는 더 이상 말 섞지 않으려는 듯한. 동생들 징징거리지 않게 해라, 수챗구멍 안 막히게 해라, 잔소리하던 아줌마가 아니다.

어쩐지 다시는 여기 오면 안 될 것 같다. 우리를 불쌍하게 보지만 않았으면. 그러나 번듯한 가구 하나 없는 살림이 내가 먼저 부끄럽다. 가구라고 할 만한 건 옷을 넣어 두는 궤짝뿐인데 그건 엊저녁에 엄마를 도와 손수레에 실어 두었다. 항아리 두어 개와 액자처럼 깨지기 쉬운 것들은 이사 갈 집에 엄마가 먼저 옮기기도 했다.

연경이가 식식대며 들어오더니 쪽마루에 탈싹 앉았다. 뺨에 손자국이 난 걸 보니 누구랑 한바탕한 모양이다.

"언니, 이제 우리 집으로 갈 거지? 진짜 우리 집."

콧소리가 풍풍 나는 모양이 울고 싶은 걸 간신히 참고 있는 얼굴이다. 연경이가 고향 집을 기억할 리 없다. 네 살이 갓 넘

14

어서 떠났고 벌써 삼 년이나 지났다. 고향 집은 이제 내 기억에서도 가물가물하다. 모든 게 여기랑 달랐다는 어렴풋한 기억뿐. 거기서는 추운 줄 몰랐고 배고프지도 않았다. 마을 어디에나 감나무가 흔했고 아침마다 달려가 세수하던 개울에는 가재도 많았다. 손가락을 깨물려고 집게발을 뻗치던 가재가 된장찌개 속에서 빨갛게 익어 아침상에 오르곤 했는데.

"고 기집애를 확 패 줬어야 하는 건데!"

"시끄러워."

오빠가 들어서며 말을 잘랐다. 입은 다물었으나 내뱉지 못한 분한 말들을 억누르느라 연경이의 숨소리가 파르르했다.

오빠가 챙겨 온 옥수수빵이라도 있어 다행이었다. 학교에서 나오는 무료 급식이라도 오빠가 반장이 아니었다면 얻어먹기 어려운 것이다. 청소하기 싫어서 쥐새끼처럼 도망친 애들이 허기를 면하게 해주었다.

우리끼리 손수레를 끌고 가야만 했다. 연미가 징징거리며 달라붙어서 주인집 아줌마가 간신히 붙잡아 놓았다. 남은 짐을 지키는 건 연경이가 제격이지만 연경이도 손수레를 미는 데 힘을 보태야 할 판이다.

날마다 오가던 동네를 빠져나와서 큰길을 따라갔다. 신작로가 고르지 못해 손수레가 자주 비틀거렸고 그때마다 오빠의 허리가 바짝 굽어들었다. 온 힘을 다해 밀어도 선선히 나아가지 않는 손수레가 안 그래도 우울한 마음에 불안을 더했다. 애

초에 애들에게는 가당치 않은 절망적인 무게. 이제부터 살아가게 될 낯선 곳에 대한 예감처럼.

"조연후, 너네 이사 가냐?"

길 건너편에서 창민이가 소리쳐 물었다. 딱지치기하던 남자애들이 모두 엉거주춤 일어나며 이쪽을 보았다. 오빠는 잠자코 손수레만 끌었다.

너무 힘들어서 가다 서고 가다 서기를 수차례. 아무도 입을 떼지 않았다. 지나가던 애들이 흘깃거렸지만 나도 오빠도 눈을 돌리지 않았다. 아무도 도와주지 않았고, 도와달라고 부탁할 수도 없었다.

날이 어두워지고 공기가 스산해졌어도 우리는 진땀을 빼며 손수레에 매달렸다. 연경이는 다리 아프다 배고프다 투덜대다가 나중에는 그저 따라오기만 했다. 신작로 주변의 상가와 건물들을 묵묵히 지나쳤다. 어두워질 때까지 그렇게 밀고 당기며 객사 1리를 벗어났다. 마음이 무겁고 불안해졌다. 내 마당이 되어 주었던 넓은 성공회 뜰과 학교에서 너무 멀어지는 것 같다.

객사 2리. 외가 때문에 몇 번 왔으니 처음이라고 할 수는 없다. 그러나 여기는 낯설고 내키지가 않는다. 외가 때문이다. 아니, 재순이.

신작로를 따라 집과 건물이 늘어서 있는 동네. 벽돌 공장, 경찰서, 면사무소, 중국집 등 잡다한 가겟집들을 지나 손수레를 세웠다. 주변에서 가장 허름한 초가집. 길 쪽으로 난 유리문으로 부옇게 불빛이 번져 나오고 있었다. 동네에 들어설 때부터 연경이가 눈을 반짝이더니 흙탕물이 튀어 얼룩진 유리문에서 귀에 익은 웃음소리가 들려오자 우뚝 섰다.

"우리, 외숙모네로 이사 가?"

안심이라도 한 모양이다. 하지만 나는 푹 꺼진 지붕에 억세게 자란 풀을 보며 몸을 떨었다. 가슴 시리고 처참한 기분. 우리가 여기로 올 수밖에 없는 건 적어도 한 달에 한 번은 집에 오던 아버지가 꽤 오랫동안 돌아오지 않은 탓이다.

행상을 쉬지 않던 엄마가 땔감을 구하려고 먼 산까지 나를 데려갔던 날, 버스가 태워 주지 않아서 어두운 밤길을 땔감을 지고 돌아오던 날, 나뭇가지가 마치 커다란 이빨처럼 어깨뼈를 물고 있어도 참아야만 했던 날, 엄마 몰래 참 많이 울었다. 손이 불구인 우리 반 명자보다 내가 더 초라한 애라는 걸 그날 깨달았다. 그런데 여기로 이사 오는 건 그것보다 더 나빠.

손수레가 유리문을 지나쳐 집 끄트머리에 멎었다. 유리문 안에 외가 식구들이 있지만 그냥 지나친 것이다. 처마에 헐겁게 매달린 외쪽 양철문 앞에 손수레를 세우고 오빠가 돌아섰다.

"잘 지켜."

유리문을 지나 철물점과 외갓집 처마가 닿은 골목으로 오빠가 들어가는 걸 망연히 바라보았다. 안으로 잠긴 양철문을 열자면 외가의 안마당으로 가야 한다는 걸 나도 안다. 그래도 싫다. 지붕 썩어 가는 이 집에 묻혀 버릴 것만 같아서.

길 건너편에서 깡통차기 하던 남자애들이 이쪽을 보는데 어스름 어둠 탓인지 인상이 좋아 뵈지 않았다. 미군 지프와 트럭이 덜컹덜컹 지나가며 뿌옇게 먼지를 일으켰다.

"헬로! 쪼꼬레!"

"알라뷰 쪼꼬레!"

남자애들이 트럭을 쫓아가며 외쳐 댔다. 미군이 던진 걸 줍느라 남자애들이 몸싸움하는 모습을 물끄러미 바라보았다. 객사리 애들은 다 저렇게 노는구나. 같이 어울리다가도 노획물 앞에서는 꼭 개들처럼 싸우면서.

나도 미군 트럭을 따라간 적이 몇 번 있다. 말라깽이지만 나는 곧잘 달리고 내 앞으로 초콜릿이 떨어진 적도 있었다. 하지만 주워 보지를 못했다. 마지막 순간에 아주 민첩한 애들이 꼭 있는 데다가 같이 놀던 사이라도 결코 나눠 먹자고 안 해서 나는 그 맛을 여태 모른다. 분한 걸 견디려면 그런 애들을 무시하고 체념하는 수밖에 없었다. 엄마 덕분에 그런 애들을 무시하기는 쉬웠다. 빈집에서 늘 배를 곯는 자식들에게 고작 보리밥한 솥과 짠지밖에 못 주고 나가면서도 엄마는 누누이 일렀다. 땅바닥에서 뭘 주워 먹는 건 추접스러운 짓이다, 미군 차 꽁무니 따라다녔다가는 다리몽둥이가 부러질 줄 알아.

양철문이 소름끼치는 소리를 내며 열리고 오빠가 나타났다. 솥도 안 걸린 휑한 아궁이부터 보였다. 외가의 구석방. 이삿짐

18

을 부려야 할 곳이다. 방 안에 싸늘한 공기가 고여 있었다. 어젯밤에 엄마가 먼저 옮겨 놓은 보따리가 눈에 띄었다. 보따리에 덮인 아버지의 외투를 보고 가슴이 울컥했다. 무섭고 휑한 방에 아버지가 엎드려 있는 것 같다.

여기는 내가 아는 어떤 곳보다 끔찍하다. 처음 도착하던 날부터 그랬다. 외삼촌을 따라 고향 집에 놀러 왔던 재순이는 뭐든 조심스레 만지는 수줍은 애였다. 그러나 셋방으로 가기 전, 인사차 들른 외가에서 다시 만난 그 애는 내가 알던 애가 아니었다. 아직도 생생하다. 내 손등을 피 맺히게 할퀴던 재순이의 사나운 손톱.

그때 재순이의 손을 쳐 냈던 건 특별히 무슨 생각이 있어서가 아니었다. 지저분한 손이 목덜미에 닿는 게 마뜩잖아 순간 거부했을 뿐이다. 나중에야 공단조끼의 목에 둘러진 토끼털을 만지려고 했다는 걸 알았지만 누구라도 소 궁뎅이에 말라붙은 똥딱지 같은 손이 다가들면 나처럼 했을 거다. 손등을 아프게 긁힌 뒤에야 나는 여기가 재순이의 영역임을 깨달았다. 우리 집에 놀러 왔을 때 손바닥을 마주치며 놀던 애. 소쿠리에서 앵두를 한 움큼 집어 먹으며 수줍게 웃던 애는 그렇게 변해 있었다.

외숙모가 찌푸린 채 들어섰다.

"엄마는 오늘도 장에 갔다니?"

"예."

"아유, 지독스러워라!"

오빠가 옷 보따리를 방으로 던졌다. 듣기 싫다는 듯. 나는 외숙모의 뻐드렁니를 빤히 보기만 했다. 뻐드렁니 탓에 외숙모의 말소리에서는 듣기 싫은 바람 소리가 난다. 외숙모를 처음 봤을 때, 이가 저렇게 생겨도 결혼할 수 있다는 게 신기했다.

"짐은 이게 다여?"

쉭쉭 소리를 내며 외숙모가 이불 보따리를 방으로 들였다.

"한 번 더 가야 돼요."

무뚝뚝한 말투. 오빠도 외가를 싫어한다. 왜 그런지 나는 모른다. 그저 외가에 심부름이 있거나 명절 때라도 엄마가 기어이 화를 내야 마지못해 움직였다는 것만 안다.

알아듣기도 어려운 소리를 구시렁거리며 외숙모가 무거운 궤짝을 옮겨 주었다. 짐도 별로 없지만 손수레를 양철문 쪽에 대서 일이 수월했다. 철물점 골목으로 해서 안마당으로 들어왔다면 좁은 통로 때문에 짐 들이는 데 애를 먹었을 것이다. 오빠가 양철문을 닫고 소용돌이 철사를 끼워 잠갔다.

오빠를 따라 좁은 통로를 나오며 안마당의 꽃밭을 보았다. 주저앉을 것 같은 초가집이지만 그래도 안마당에 꽃밭이 있고, 우물이 있고, 들판과 멀찌감치 앞산까지 보여서 다행이다.

얼른 돌아가야 나머지 짐도 가져오고 연미도 데려올 텐데 연경이가 한사코 가지 않겠다고 버텼다. 나중에는 외사촌들과 놀겠다며 기어이 유리문으로 들어가 버리고 말았다. 유리문 틈으로 내다보던 재순이가 나를 보더니 입술을 삐죽였다.

"밥 먹게 어여 들어가!"

외숙모가 잔소리하며 들어가 유리문을 쿵 닫았다.

오빠가 손수레를 돌려 묵묵히 끌었다. 나는 부지런히 따라 걸었다. 다리가 아프지만 태워 달라고 할 수가 없다. 다시 무거운 짐을 끌어야 할 오빠다.

이미 어두워졌고 땀에 젖은 목덜미로 밤바람이 선득선득 스며들었다. 너무 지치고 배고파서 자꾸만 목이 멨다.

"오빠, 엄마가 이제 왔을까?"

"……."

"아버지도 우리 이사 가는 거 아실까?"

묵묵부답. 빈 수레를 끌면서도 땀이 나는지 오빠는 옷소매로 연신 얼굴을 훔치며 걸을 뿐이었다.

집집마다 불이 켜지고 길에는 어슬렁거리는 개 한 마리 없었다. 가끔 지나가는 차들이 차가운 먼지바람을 끼얹곤 했다. 어느덧 하늘에는 창백한 반달이 떴다.

낯익은 거리와 성공회의 긴 담을 지나는 동안 마음이 더 쓸쓸해졌다. 여름성경학교에도 다니고 부활절 달걀도 얻어먹었는데 더는 그럴 수 없을 것이다. 여기서 그냥 살았으면. 여기도 썩 좋은 건 아니지만 외가보다는 낫다. 적어도 이 밤중에 둘이서 무거운 짐을 또 끌고 가지 않아도 될 테니.

대문을 밀고 들어가는데 주인집에서 음식 냄새가 났다. 쪽마루에는 덩그러니 보따리뿐이었다. 내가 부엌이며 방 안을 살피는 동안 오빠는 손나발을 하고 이리저리 뛰어다녔다.

"연미야! 연미야!"

안 보이면 두고 갈 거라더니. 주인집 안방에서 연미가 나오며 울음을 터뜨렸다. 저만 떨어져서 겁을 먹었나 보다. 숟가락을 들고 있는 걸 보니 주인집에서 저녁을 챙겨 주었던 모양이다.

"너희들, 저녁 안 먹었지?"

주인집 아주머니가 물었다. 나도 모르게 일손이 멈칫하고 침이 넘어갔다.

"외갓집에서 먹고 왔어요."

오빠가 고개를 까딱하며 말했다. 나는 몹시 실망했다. 그러나 아주머니 마음대로 저녁을 줄 수는 없을 것이다. 노인의 구박으로 아주머니가 우는 걸 한두 번 본 게 아니다. 아주머니도 어른인데 노인은 곧잘 애 닦달하듯이 "어디서 앙살이여, 입을 찢어 놓을라!" 했다.

아주머니가 방으로 들어가고 우리는 짐을 마저 실었다. 다시는 떨어지지 않겠다는 듯 연미가 손수레 한쪽을 꼭 잡고 있었다. 혹시 빠뜨린 게 없는지 살피는데 엄마가 돌아왔다. 안심이다. 마루 끝에 걸터앉으며 한숨 쉬는 걸 보니 오빠도 그랬던가 보다.

엄마가 함지에서 봉지를 꺼내 주었다. 식은 찐빵이 포개진 채 달라붙은 데다가 비린내도 좀 났다. 어둑한 마당에 서서 꾸역꾸역 넘겨야 하는 메마른 끼니. 빵 쪼가리를 목구멍으로 넘기는 순간 추위가 온몸에 퍼졌다.

"빠진 거 없지?"

엄마가 빈방과 부엌을 둘러보며 물었다. 아침까지도 우리들의 방이었던 곳은 이제 온기도 불빛도 없다.

"아버진⋯⋯."

오빠의 말을 못 들었는지 엄마는 막내를 내 등에 업혀 주기만 했다. 등에 부려진 무게보다 더한 서러움이 목까지 차올랐으나 별수 없이 포대기를 동여맸다. 이제 나는 살림살이 시킬 큰딸일 뿐이고 동생들의 맏언니일 뿐이다.

"어르신, 안녕히 계세요. 그간, 신세 많이 졌습니다."

엄마가 안방 쪽에 대고 인사한 뒤 연미를 보따리 위에 앉혔다.

돈이 생겨야 찾아오는 아버지를 기다리며 살았던 단칸방. 고향 떠나서 처음 살았던 집을 떠난다. 대문이 닫히기 전에 다시 한 번 돌아보았다. 어둠을 삼킨 방. 저렇게 휑하고 으슥한 곳이 집일 수 있었다는 게 믿어지지 않는다.

엄마가 손수레를 끌었다. 오빠가 뒤에서 밀고 나는 막내를 업은 채 따라갔다. 어둡고 텁텁한 바람이 부는 길. 하늘에 별이 총총했다.

2. 장마당

부엌문에 닿은 손이 움츠러들며 소름이 쪽 돋았다. 하마터면 설거지통을 놓칠 뻔했다. 손바닥에서 으스러진 노래기. 바시식 소리와 함께 고약한 냄새가 진동했다.

당장 우물로 달려갔다. 노래기 냄새가 살 속으로 스며들 것만 같다. 노래기는 썩은 초가지붕에서 기어 내려와 방이든 부엌이든 안 가는 데가 없다. 심지어는 부뚜막의 물그릇 속에 빠져 죽기까지 한다. 국솥에 빠진 걸 모르고 먹었을지도 모른다는 생각에 나는 먹는 게 끔찍하고 헛구역질을 할 때가 많았다.

"너, 꽃밭 쪽으로 오지 말랬지!"

꽃밭에서 풋꽈리를 따던 재순이가 앙칼지게 소리쳤다.

"저년은 성깔이 나빠. 우리 엄마 꽃밭이지 제 것인감!"

우물가 밭두둑에 앉아 있던 영길이 아저씨가 실실 웃으며 중얼거렸다. 나는 수세미로 손을 박박 문질러 씻었다. 영길이 아저씨 쪽으로는 눈길도 안 주었다. 술만 마시는 사람이기 때문이다. 지금도 취해 있는 게 꼭 자기 엄마랑 닮았다.

영길이 아저씨의 엄마를 외사촌들은 이모할머니라 불렀다. 안마당 쪽의 방 둘을 쓰는 집주인이다. 외가도 실상은 셋방살이 신세였던 것이다. 나는 이모할머니가 멀쩡한 모습을 본 적이 없다. 자기가 늘 취해 있어서인지 아들이 허구한 날 술만 마셔도 야단치지 않는다. 이모할머니가 야단치는 사람은 병직이 삼촌뿐이다. 친아들이 아니기 때문이다. 이건 외사촌 언니들이 수군대는 소리를 들어서 아는 사실이다. 언니들은 이모할머니가 다 큰 아들을 데리고 와서 안방을 차지해 버렸다며 곧잘 흉본다.

누가 시킨 것도 아닌데 나는 대학생 강병직을 삼촌이라 부르게 됐다. 처음 눈이 마주쳤을 때 웃어 준 사람. "요, 옴망눈!" 하며 내 머리를 흩트리던 막내 삼촌처럼. 그 웃음은 나를 안심시켰다. 여기 사는 것도 아주 나쁘기만 한 건 아니라고. 더구나 책이 가득한 방에 사는 사람이다.

나는 고향의 막내 삼촌 옆에서 책 보는 재미를 처음 알았다. 책이란 글자를 몰라도 책장을 넘길 때 사각거리는 소리와 간간이 있는 작은 그림을 들여다보는 재미만으로도 좋아할 수 있는 것이었다.

멀찌감치 논 가운데 반달우물에 남자애들이 모여 있는 게 건너다보였다. 이 동네에서 가장 오래되었다는 공동 우물이다. 좀 멀기는 해도 나는 그 속에 오빠가 끼어 있는 걸 알아보았다. 아침 먹을 때 동네 남자애들이 오빠를 불러냈다. 놀자고 불러내는 태도가 아니었으나 오빠는 피하지 않았다. 남자애들에 비해 오빠 몸집이 작은 건 아니지만 동네 애들은 다섯이나 된다.

남자애들이 일렬로 움직이는 걸 불안한 마음으로 지켜보았다. 그 애들이 무당집 뒤편 야산으로 아예 사라진 뒤에야 나도 설거지를 마쳤다. 재순이가 마당 한가운데 버티고 있어서 가장자리로 가는데 재순이가 기어이 쏘아붙였다.

"조심하라구. 내가 있으나 없으나."

들은 척도 안 했다. 재순이가 꽈리를 꽈르륵 깨물더니 다시 말했다.

"여주가 몇 개인지 다 세어 놓았어. 꽈리도 꽃도 다. 그러니까 넌 이쪽으로 얼씬도 마."

종알대는 입을 콱 때려 주고 싶었으나 입술을 깨물고 참았다. 재순이는 고양이처럼 잽싸게 할퀴는 데다가 꼭 상처를 낸다. 더구나 동네 여자애들 사이에서 왕초라 재순이를 건드리는 건 외사촌 여섯에다 동네 여자애들 전부랑 맞붙는 거나 다름없다.

"요년! 연재가 왜 꽃밭엘 못 가?"

엄마가 함지를 이고 들어오며 소리를 버럭 질렀다. 생선을 떼려고 일찌감치 평택 시장에 나갔다가 이제 온 것이다. 오늘은 길 건너편 장마당에 오일장이 서는 날이다.

"고모는, 애들이 노는 걸 가지고 무얼."

텃밭에서 푸성귀를 뽑아 가지고 나오며 외숙모가 참견했다. 그러나 곧 말꼬리를 흐리고 헤헤 웃었다. 엄마한테는 말 한마디 똑바로 못하는 외숙모다. 그런 걸 보면 어려서 외가에 잔심부름하는 애로 들어왔다가 외숙모가 되었다는 말이 사실인지도 모른다.

"어디서 텃세여. 국으로 죽어지내도 시원찮을 판에!"

엄마가 눈을 부라리자 재순이가 샐쭉해서 철물점 골목으로 나가 버렸다.

"팔자에 없는 고생 시켜서 난 뼈가 아프구먼."

"아이구, 지난 일에 괜히……."

외숙모가 엄마 말을 싹둑 자르며 또 헤헤거렸다. 엄마는 외숙모를 한심하다는 듯 바라보았다.

"나한테는 어쩌든, 애들이나 아범한테는 미안한 줄 아시오. 아직도 쌀 이십 가마니는 남아 있는 줄 아는 양반이니."

"입이 몇인데, 그 쌀이 아직……."

나도 슬그머니 부엌으로 갔다. 어른들 말을 다 듣고 있는 게 잘못하는 것 같아서였으나 뒷말이 들리는 건 어쩔 수 없었다.

"친정 덕에 요 모양 됐는데, 내가 쌀가마니를 친정 주려고 가져왔을까!"

"에구, 애기씨. 아침이나 드슈."

"그거라도 그냥 됐어야지, 염치없이 야금야금……."

엄마가 똬리를 풀어 옷자락을 털면서 들어왔다. 그리고 신 김치에 맹물뿐인 소반을 끌어당겨 꾸역꾸역 아침을 먹었다. 물에 만 밥을 삼키는 소리가 나한테까지 들렸다. 나는 엄마를 보지 않았다. 그 소리가 밥 넘기는 소리가 아니라 엄마의 울음 넘어가는 소리일까 봐.

엄마가 몰래 운다는 걸 나는 안다. 엄마도 애들처럼 울 수 있다는 걸 안 뒤부터 나는 걱정이 늘었다. 엄마가 저번 밤처럼 외삼촌에게 대들다 또 맞는 일이 생길까 봐. 시간이 지나면 그 밤의 치욕스러움과 뼈가 아픈 슬픔이 없어질까. 애가 다섯이 나 되는 어른도 애들처럼 울면서 따지고, 맞을 수 있다는 거. 하필이면 그게 내 엄마였다는 사실은 내가 당한 어떤 일보다 아프다. 아파서 가슴이 오그라드는 것 같다.

돈을 얼마라도 갚아 내라고 따지는 엄마의 뺨을 갈겼던 외 삼촌, 돈을 어디다 감춰 두고 안 주느냐며 되레 야단치던 외삼 촌을 나는 이제 똑바로 보지 않는다. 엄마는 부엌으로 이어지 는 컴컴하고 좁은 골목에 내가 있었다는 걸 모른다. 분노로 내 심장이 딱딱해지고 말았다는 것도. 도무지 알 수가 없다. 돈을 가져가고 안 갚았으면서 미안해하기는커녕 엄마의 뺨까지 갈 길 수 있는 외삼촌의 부당함도 충격이었고, 누가 들을세라 목

소리 낮추고 사정한 엄마도 이해할 수 없었다. 그러나 어린애
는 어른에게 함부로 굴 수 없으므로 그날의 분노는 내 가슴을
딱딱하게 만들고 가라앉았다.

"뭐 하는 게냐?"

가위질을 멈추고 엄마를 보았다. 역시 엄마의 눈언저리가
붉다. 나는 막내의 기저귀를 잘랐다고 야단맞을까 봐 얼른 대
답했다.

"월요일에 이거 안 달고 가면 주번한테 잡혀."

제비 꼬리처럼 만든 리본을 보고 엄마는 아무 말도 안 했다.
오 원만 있으면 학교 앞 문구점에서 비닐에 싸인 리본을 살 수
가 있다. 거기에는 '새마을운동 실천'이라고 아예 반듯하게 글
자까지 찍혀 있다. 하지만 오빠도 나도 돈 드는 건 웬만하면 하
지 않는다.

"오라비 것도 만들어라."

나는 고개를 주억거렸다.

"장마당에 얼씬도 마."

또 고개를 끄덕였다. 하지만 그 좋은 구경을 하지 말라고 딱
잘라 버리니 서운하다. 오일장을 따라다니는 엄마. 객사리 장
날은 엄마가 멀리 안 가서 좋기도 하고, 막내를 종일 봐야 하니
까 싫기도 하다.

리본을 앉은뱅이책상에 올려 두었다. 글씨를 오빠가 써야
리본을 망치지 않을 것이다.

소반을 치우고 또 설거지통을 들고 나왔다. 안마당에는 막내와 연미뿐이었다. 연경이는 또래 외사촌과 동네방네 쏘다닐게 뻔하다. 외사촌들과 어울리지 못하는 건 나뿐이다. 막내와 연미는 어려서 괜찮고, 연경이는 또래 외사촌과 죽이 잘 맞았다. 오빠 연후는 잘생기고 똑똑해서 외사촌들이 말을 못 붙여 안달이었다.

두레박질을 하며 앞산을 보았다. 오빠와 남자애들이 보이지 않는다. 먼저 동네에서도 오빠는 곧잘 불려 나가곤 했다. 나중에는 친구가 됐지만, 그러기 전에 오빠는 몇 번이나 싸워야 했다.

연미가 놀러온 이웃 또래와 병원놀이 한다며 우물로 갔다. 판판한 돌과 풀이 많아서 소꿉놀이하는 애들은 우물가에 모이곤 한다. 나는 볕이 잘 드는 이모할머니네 마루에서 숙제를 했다. 막내도 볕을 이불 삼아 잠이 들었다.

장날에는 재순이가 집에 붙어 있지를 않는다. 나도 장마당이 궁금하다. 엄마한테 들킬까 봐 걱정하지 않고 실컷 구경하고 싶다. 이런 날은 자식들이 뭘 하든 헤헤 웃기만 하는 외숙모를 엄마로 둔 재순이가 조금 부럽다. 볕 좋은 이모할머니네 마루에서 꽃밭을 보며 숙제하는 것도 좋지만, 재순이가 마음대로 장 구경하는 것에 비해 썩 좋다고 할 수는 없다.

"꽃은 멀리서도 다 보이는 거야."

한숨을 쉬며 꽃들을 헤아렸다. 꽃을 피운 해바라기가 여섯

그루, 해바라기를 타고 오른 나팔꽃들. 새벽에 핀 나팔꽃은 이제 다 오므라들었다.

주렁주렁 달린 여주를 세니 작은 것까지 모두 열두 개다. 얇은 줄기에 저렇게 크고 뭉툭한 게 매달리니 참 신기하다. 재순이는 여주를 도둑맞을까 봐 으름장을 놓지만 쓸데없는 걱정이다. 전에 살던 집에도 여주가 있었다. 나는 그때 이미 울퉁불퉁한 모양과 터진 속이 빨갛게 보이는 것 때문에 여주를 좋아하지 않게 됐다. 못생기고 냄새도 고약한 데다 익어서 갈라지면 상처에서 피가 흐르는 것 같아 끔찍하기만 했으니까.

바람에 흔들리곤 하는 과꽃 무더기, 노란색 키다리꽃 무더기, 봉숭아, 바닥에 깔린 채송화들. 그중에서 꽈리가 제일 예쁘다. 전에 살던 집에도 꽈리가 있었는데 그때도 주인집 노인 때문에 예쁘게 익어 가는 걸 구경만 했다. 주머니에 싸여서 주홍빛으로 익어 가는 꽈리를 하나라도 갖고 싶었지만 손도 댈 수 없었다. 꽈르륵 소리 정도는 꽈리를 깨물지 않아도 얼마든지 흉내 낼 수 있다. 그저 그 만질만질한 열매를 환한 색주머니에 든 채로 손에 넣고 들여다보고 싶을 뿐이다.

막내가 칭얼대며 일어나기에 만져 보니 얼굴에 열이 좀 있다. 잘 때 포대기라도 덮어 줄걸. 막내가 아픈 것보다 엄마한테 꾸지람 들을 게 겁났다.

막내를 업고 오락가락하며 장마당을 건너다보았다. 온갖 물건과 낯선 사람들, 이야기가 넘쳐나는 장마당은 거부하기 어

려운 유혹이다. 호기심을 견디지 못해 기어이 길을 건너면서
도 내내 불안했다. 어딘가에 엄마의 눈초리가 있을 텐데.

장마당은 평소엔 아이들 놀이터지만 장날만 되면 어른들 차
지가 된다. 바깥쪽 장마당은 보통이 장사꾼들이, 그늘막이 길
게 세워진 안쪽 장마당은 판을 크게 벌이는 장돌뱅이들이 차
지한다. 엄마는 장 끄트머리께에서 생선을 팔곤 했다. 오늘은
그 자리에 좀약 장사가 판을 벌였다.

칭얼대는 막내를 핑계 삼아 장마당으로 갔다. 사람들에 밀
려다니며 이것저것 구경하는데 장사꾼들 사이로 쏘다니는 재
순이와 철물점 양숙이, 옆집 똘이가 언뜻 보였다. 건어물 좌판
이 죽 늘어선 곳이었다. 갑자기 재순이가 좌판에서 오징어채
를 한 움큼 집어 달아났고 똘이가 똑같이 했다. 나는 눈도 깜빡
이지 못하고 지켜보았다. 가슴이 두근거렸다. 저렇게 날래다
니. 나도 저럴 수 있을까. 불현듯 똑같이 해보고 싶은 충동으로
발바닥이 근질거렸다. 옆에 있던 어른들이 달아나는 애들을
손가락질하고 상인도 곧 알아챘다. 똑같이 흉내 내려던 양숙
이가 팔을 덥석 붙잡혔다.

"도둑놈의 새끼들!"

상인이 팔을 비틀자 양숙이가 비명을 질렀다. 재순이와 똘
이는 앞서거니 뒤서거니 달아나 사람들 틈에 숨어 버렸다.

"대가리 피도 안 마른 것들이, 더구나 지지배가!"

"잘못했어오……."

32

"앞장서라! 어디 사는 놈이냐!"

상인의 호통에 양숙이가 싹싹 빌며 우는 시늉을 했다. 혀 짧은 소리로 용서해 달라고 몇 번이나 빌었지만 상인은 틀어쥔 팔을 놓아 줄 기세가 아니었다. 사람들이 에워싸고 한마디씩 하는 통에 양숙이는 쩔쩔매다가 기어이 울음을 터뜨리고 말았다. 나는 양숙이가 가엾기도 하고 멍청해 보이기도 했다. 어쭙잖게 재순이를 따라 하다니. 남의 걸 훔치는 일 따위는 안 해도 되는 애가.

양숙이는 철물점의 하나뿐인 딸이라 만날 공주처럼 차리고 다닌다. 자기 엄마를 닮아서 혀 짧은 소리를 내고 덜떨어진 애처럼 굴 때도 있지만, 그래도 재순이가 누구보다 잘 챙기는 애였다. 양숙이가 입던 옷을 재순이가 고스란히 물려 입는 걸 보면 둘은 형제만큼 친한 사이가 분명하다. 그런데 재순이는 구경꾼들 틈에 끼어서 훔친 걸 아구아구 먹으며 키득거리고 있었다. 양숙이는 아직도 팔을 잡힌 채였고, 겁에 질려 우느라 흘러나온 콧물도 못 닦았다.

나는 재순이 옆으로 다가갔다. 그리고 졸병처럼 따라다니는 똘이의 팔을 잡아당겼다. 양숙이 편을 들어 줄 마음 따위는 없었다. 그저 걔들의 약점을 확인시키고 싶었다. 똑같이 해보고 싶은 충동은 느꼈지만 난 아무 짓도 안 했으므로 거리낄 게 없다.

"왜 잡아?"

똘이가 한 살 어려서 재순이보다 만만해 보였는데 희번덕이는 눈초리를 마주한 순간 내가 주제넘었다는 걸 깨달았다. 손을 뗐을 때는 이미 늦어서 재순이까지 눈을 치뜨고 나를 쏘아보았다. 재순이가 이기죽거리며 다가들었다. 비린내가 훅 풍겼다.

"이게, 간댕이가 부었냐?"

"너희도 훔쳤잖아."

"그게 뭐?"

"나만 본 거 아냐."

"본 거 아니면?"

재순이가 고양이처럼 손톱을 세우다 멈칫했다. 센베이를 파는 아저씨가 우리를 보고 있었던 것이다. 재순이는 오징어채를 한입에 밀어 넣으며 사람들 사이로 내빼 버렸고 양숙이는 상인에게 혼쭐이 나고서야 풀려났다. 구경꾼들이 흩어졌다. 그때 누군가 거칠게 나를 잡아 돌렸다.

"왜 여기서 어슬렁대냐!"

엄마. 무섭게 노려보는 엄마를 보자 눈물이 핑 돌았다. 양숙이를 잡은 상인보다 더 무서운 눈초리. 고향에서는 엄마를 이렇게 무섭다고 느낀 적이 없었다. 때마침 막내가 울음을 터뜨렸다.

막내에게 젖을 물리고도 생선 사라고 사람들에게 손 까부르는 엄마가 부끄러워서 나는 어디를 봐야 할지 몰랐다. 머릿수건으로 가슴을 덮어도 막내의 꼼지락거리는 손에 엄마의 속살이 언뜻언뜻 드러났다. 그걸 봐야 하는 낯 뜨거움이라니. 달라진 엄마가 싫다. 고향에 두고 온 건 집만이 아닌지도 모르겠다.

엄마 곁에 서 있는 것도 고역이지만 창피하다고 다른 데로 갈 수도 없었다. 그러면 어쩐지 엄마를 무시하는 것 같아서.

"뭐 배울 게 있다고 거기 서 있어!"

엄마 눈에 또 힘이 들어가서 뒤로 물러났다. 모욕감으로 얼굴이 화끈하며 속에서 뜨거운 게 꿈틀했다. 엄마가 나한테만 저렇게 사납고 지독하게 굴 때마다 화가 치민다. 객사리가 엄마를 변하게 만들었다. 여기에는 농사지을 우리 땅도 없고 아버지도 없으니. 농사 대신 날품거리를 찾아다니게 된 아버지. 인천 어느 공장에서 받았다는 월급을 끝으로 몇 달째 못 오고 있는 아버지가 엄마를 날 세우게 하는지도 모른다.

"괜히 기웃거리지 말고 곧장 집으로 가."

막내를 다시 업혀 주면서 엄마가 딱 부러지게 일렀다. 고개만 끄덕였을 뿐 나는 엄마가 생선 값을 흥정하는 사이에 사람들에게 묻혀 시장 가운데로 더 깊이 들어갔다. 장 구경을 마저 할 작정이었다. 장 구경은 쉽게 포기되는 게 아니다.

재순이와 똘이는 아직도 시장을 쏘다니고 있었다. 낯익은 남자애들도 몇 명 보였다. 걔들은 먹을 만한 것이면 뭐든 슬쩍 해냈고 미꾸라지처럼 잘도 빠져나갔다. 나는 그저 강냉이를 뻥뻥 튀겨 내는 걸 구경하고, 바람에 나부끼는 새 옷, 우산이며 구멍 난 구두를 수선하는 것도 구경했다.

나는 문득문득 불쾌했다. 막내가 없어 몸만 가벼우면 재순이처럼 해보고 싶다는 충동 때문이었다. 한입 가득 오징어채를 씹는 것처럼 입에 침이 고이기도 하고 잡히지 않게 도망칠 수 있을 것 같은 기분에 발바닥이 근지럽기도 했다. 나쁜 짓인 줄 알면서도 끊임없이 그런 충동이 솟구치다니. 그런 짓을 안 하고도 재순이 같은 애가 돼 버린 것 같아 속이 상했다.

시장 끄트머리에서 살구와 풋복숭아를 쌓아 놓고 사람들을 하염없이 바라보고 있는 또래 여자애를 알아보았다. 지난 장날에 엄마 옆에서 오리알을 팔던 애였다. 까칠하게 터서 발그레한 뺨이 꼭 복숭아 같다. 여자애는 나와 눈이 마주치자 고개를 돌렸다. 닳아 빠진 검정 고무신을 오므려 비어져 나온 발가락도 감추었다.

"야야, 저리 물러나. 그늘진다."

뭔가를 우물우물 먹던 여자애 할머니가 손사래를 쳤다. 합죽거리는 입 밖으로 작은 날개가 삐져나와 나도 모르게 얼굴을 찡그렸다. 병아리가 되다 만 달걀을 삶아다 파는 할머니였다. 여자애 얼굴이 빨개졌다. 젖을 물리고도 생선 사라고 외치던 엄마가 창피했던 나처럼 여자애도 할머니가 창피한 모양이었다.

갑자기 여자애가 할머니 몰래 풋복숭아를 집어 주었다. 부끄러움을 무마하려는 듯. 복숭아를 얼결에 받아들고 나는 여

36

자애를 빤히 보았다.

"난 돈 없어."

부딪혀 무른 데도 있지만 붉은빛이 제법 도는 복숭아였다. 돌려주려고 했지만 여자애는 나를 더 보지 않았다. 돈을 내라고도 안 했고 그냥 가지라는 말도 안 했다. 머뭇거리던 나도 군침이 돌아 더 거절하지 못했다. 풋복숭아 향기를 맡는데 꽃밭의 꽈리 생각이 났다. 꽈리 정도면 이 애도 좋아할 것이다. 그건 아주 예쁘고 입안에 넣고 놀 수도 있으니까. 재순이 몰래 따면 된다. 재순이가 아무리 으름장을 놓아도 꽃밭 주인은 이모 할머니다.

"넌 몇 학년이야?"

나를 슬쩍 보는 여자애 얼굴이 붉어졌다. 고맙다는 대답으로 빙긋 웃어 주자 여자애도 살짝 웃으며 고개를 돌렸다. 나는 제대로 씻은 적도 없는 것 같은 여자애를 꼼꼼히 바라보았다. 때에 찌든 옷깃이며 터진 살갗. 그래도 웃는 얼굴이 착해 보인다. 다음 장날에 봐. 꽈리가 익으면 따다 줄게.

몇 걸음 가다 이상한 소리가 들려 돌아보니 할머니가 여자애 목덜미를 마구 때리며 욕을 하고 있었다. 여자애는 말도 아니고 비명도 아닌 "어버버버" 소리만 내지르며 울었다. 가슴이 철렁했다. 말을 못하는 애였다. 여자애가 나 때문에 맞는 것 같아 미안하고 손찌검에 빨개진 목이 얼마나 아플까 싶어 가슴이 아팠다. 그러나 복숭아를 돌려주러 가지는 못했다. 양숙이의 팔을 비틀던 상인처럼 여자애 할머니가 무섭게 굴까 봐.

나는 슬그머니 사람들에 섞여 헌 옷가지들을 펼쳐 놓은 할아버지 옆으로 갔다. 할아버지는 찢어진 새마을운동 벽보에 기댄 채 조느라 내가 복숭아를 슬쩍 놓는 걸 몰랐다. 벽보에 휘갈겨진 낙서도 '독재 정'만 남고 찢어졌는데, 거기에 기대어진 중절모까지 구겨지고 낡아 몹시 처량해 보이는 할아버지였다.

양조장 앞에서는 애들이 둥그런 관람차를 타고 있었다. '뉴요크, 빠리, 수위스, 하와이'라고 쓰여진 의자에 앉아 높이 올라간 애들을 눈부신 듯 바라보고, 종이돈을 꼬박꼬박 챙겨 고무줄로 동여매는 아저씨를 구경했다.

"어이, 연재야아……."

뒤통수를 잡아당기는 소리. 영길이 아저씨였다. 벌겋게 취하고 흙투성이가 되어 양조장 벽에 기대 있는 사람. 그런 사람이 아는 척했다는 게 창피해서 당장 뒤도 안 돌아보고 자리를 떴다.

막걸릿집 마당 귀퉁이에서는 오빠가 낀 구슬치기가 한창이었다. 나는 볼따구니에 상처가 난 오빠를 빤히 보았다. 앞산에 가서 또 싸운 모양이다. 동네 남자애들을 혼자 상대했을 게 분명하다. 어째서 남자애들은 이사 온 남자애를 반드시 해코지부터 하는 걸까.

구슬치기는 신중했다. 아무도 웃거나 말을 하지 않았다. 특히 오빠의 표정에는 흐트러짐이 없었다. 술 취해 늘어진 사람들 옆에서도 구슬치기는 진지하고 민첩하게 이루어졌다. 그건 노는 게 아니었다. 드잡이만 안 했지, 또 다른 싸움이었다.

내 쪽으로 구슬이 굴러오고 오빠가 구슬을 따라왔다.

"오빠, 얼굴 좀 봐."

걱정되어 말했건만 오빠는 눈길 한 번 돌리지 않았다. 굳은 표정으로 구슬만 노려보면서 뇌까리듯 말했다.

"집에 가 있어."

낮고 조용한 말소리. 어금니를 깨문 듯한 그 소리에 나는 잠자코 발길을 돌렸다.

3. 내 오빠

골목에서는 여자애들의 핀치기가 한창이었다. 동생들만 있을 때는 양철문을 안에서 잠그기 때문에 학교에서 돌아올 때는 이 골목으로 집에 갈 수밖에 없다.

놀이판을 밟으면 재순이가 가만있지 않을 것이라 나는 잠시 망설였다. 실핀을 손가락으로 튕겨서 따먹는 이 놀이의 대장은 언제나 재순이다. 실핀을 다 잃었는지 미경이 얼굴이 부루퉁했다.

"십 원에 스무 개 준다. 가게보다 엄청 싼 거야."

"내 핀을 나더러 사라고?"

"내가 땄잖아! 특별히 너한테만 싸게 판다니까."

"쳇! 누가 너랑 또 한다니?"

미경이가 손을 털며 쌀쌀맞게 지나갔다. 나는 미경이 손바닥이 이제 괜찮아져서 다행이라고 생각했다.

오늘 숙제를 내지 못해서 미경이는 손바닥을 다섯 대나 맞고 울었다. 새마을운동 포스터를 그려 오지 않아서였다. 포스터 그리기는 솔직히 좀 어려웠다. 선생님은 '마을 길 넓히기, 화투 없애기, 지게 없애기, 초가지붕 없애기' 중에서 자유롭게 아무거나 골라 그려 오라고 했다. 하지만 나는 포스터가 뭔지 몰랐다. 오빠가 도와주지 않았다면 미경이처럼 손바닥을 맞아야 했을 것이다. 언니나 오빠가 없는 미경이가 숙제를 못한 건 당연하다.

미경이는 동네에서 제일 큰 기와집에 사는데도 종종 따돌려진다. 그래서 나는 미경이랑 친구가 돼도 좋겠다는 생각을 한 적이 많았다. 외톨이끼리 어울리면 더는 외톨이가 아니니까. 그러나 미경이가 뭘 가지고 있는 동안은 재순이가 으레 같이 놀아 주는 데다가, 미경이 손이 빈 적이 별로 없어서 같은 반이라도 단짝이 될 기회는 생기지 않았다. 엄마 때문에도 미경이랑 어울리기는 어려웠다. 미경이네가 방석집이기 때문이다. 한복 입은 여자들이 춤추고 노래하며 술을 파는 집. 술집 딸이라 엄마가 탐탁지 않게 생각하는 것이다.

재순이가 묵직한 실핀 다발을 챙기며 나를 보고 히죽 웃었다. 양숙이와 똘이가 바짝 다가오며 말했다.

"너, 오빠 따든 집으도 간대."

양숙이의 혀 짧은 소리도 거슬렸지만 말뜻이 이상해서 나도 모르게 얼굴이 찡그려졌다. 도토리같이 작고 반지르르한 똘이가 냉큼 거들었다.

"어떤 집에서 연후 오빠 데려간대. 안됐다 너."

"그덤 따든 집 아들 대넌 거대."

"너희 같은 집에는 오빠가 아깝잖아. 맞는 말이야. 그래도 누굴 데려갈 거면……."

재순이가 또 히죽 웃었다. 나는 어금니를 질끈 물었다. 도대체 애들이 왜 이런 말을 하는지 몰라도 못마땅해서 더 들어 줄 수가 없었다. 한마디만 더 하면 누구든 떠다박지를 작정이었다. 내 눈초리가 마뜩잖았는지 재순이가 양팔로 애들의 목을 끌어안더니 뭐라고 속닥거리기만 했다.

이모할머니네 마루에 낯선 아줌마가 앉아 있었다. 외숙모가 바람 새는 소리를 내며 뭐라고 하다 내가 왔다는 걸 알아채고 입을 다물었다. 낯선 아줌마도 나를 돌아보았다. 얼굴이 네모지고 눈썹이 짙은 아줌마가 하도 빤히 바라봐서 좀 무섭기도 했다.

방문을 열고 문지방에 팔을 괸 이모할머니는 오늘도 얼굴이 벌겋다. 나는 불쌍한 애를 보는 듯한 이모할머니의 시선이 께름칙해 얼른 구석방으로 갔다. 아직 대낮인데 엄마 고무신이 놓여 있었다.

불안하다. 엄마는 잠들어 있고 머리맡에 물그릇과 약봉지가 있었다. 엄마가 앓아누운 걸 본 적이 없어서 겁이 났다. 아버지 생각이 또 났다. 아버지만 있었다면 엄마가 아프지 않고 사람들이 그따위 눈초리로 쳐다보지도 않았을 텐데.

마당으로 가려는데 오빠가 들어섰다. 오빠도 엄마 고무신을 보자마자 놀라서 방으로 갔다. 재순이 패거리가 오빠한테도 그 소리를 했는지 궁금했지만 눈치만 보다 골목 끄트머리로 갔다.

"인물이 훤하네. 저런 아들은 잘 가르쳐야지, 암."

"그런 집에서 어떻게 우리 연후를 다 알고 양자 삼겠다고 했디야?"

입술을 꼭 깨물었다. 우리 연후라니. 아무 때나 헤헤거리고 뻐드렁니 때문에 입도 안 다물어지는 사람과는 눈곱만큼도 안 닮았건만. 우리 엄마 아버지 아들이고, 내 오빠라고 분명히 일러두고 싶었다. 양자라는 말도 영 싫었다. 남의 아들을 데려갈 때는 그런 말을 쓰는 모양이다.

"그거야 모르지만, 잘되면 좋을걸. 쯧쯧."

"말이라고! 그날로 팔자 피지, 헤헤."

"기가 좋은 집안이여."

"뭐가 좀 짚이는가? 숙이네가 사주 같은 거 본다고들 하던디."

"으음, 나중에 사방팔방 외국까지 이름날 애가 나오겠어."

"외국까지? 아이구! 개천에서 용 나는 거네!"

외숙모가 헤프게 웃었다.

"조 서방네가 개천은 아니지. 고향서는 땅뙈기깨나 있었다
문서?"

"그랬다데요. 다들 애기씨 시집 잘 갔다고들 했으니께."

"쯧쯧, 오라비 보증 잘못 섰다가 일장춘몽이 됐네."

"그러네, 헤헤헤."

"이 주책없는 여편네야. 서방이 재산 다 말아먹어도 헤헤,
시누이 거덜 냈어도 헤헤헤. 어이구, 이 불쌍한 종자야."

이모할머니가 쉰 소리로 웃다가 콜록댔다. 숙이네라는 아줌
마가 일어나며 이쪽을 보는 바람에 눈이 마주쳤다. 엿듣다 들
킨 게 창피해서 순간 시선을 돌렸으나 곧 뻣뻣하게 그 눈초리
를 받아냈다. 외국까지 이름날 애니 어쩌니 하는 말로 꼬드기
려 들다니. 가난하고 아이 많은 집이라고 자식을 마음대로 빼
내 가려는 게 분명하다. 이렇게 가난한데 누가 어떻게 외국엘
간단 말인가. 그런 말을 들었으면 엄마가 아픈 게 당연하다.

오빠가 항아리 뒤쪽에서 구슬이 가득 쟁여진 병을 꺼냈다.
거기서 한 주먹을 덜어 주머니에 넣었다.

"또 걔들이랑 놀게?"

내 딴엔 살갑게 건넨 말이었다. 누가 무슨 수를 부려도 우리
사이에는 낄 수 없음을 확인하고 싶었는지 모른다. 그러나 오
빠는 대꾸도 안 했다.

"못된 놈들이잖아. 만날 쌈이나 걸고."

무슨 말이든 해주기를 바랐는데. 그따위 말을 안 들었을 때처럼. 그러나 결국 오빠는 그대로 나가 버렸다.

이사 온 뒤로는 저렇게 밖으로만 돌고 있다. 아직도 가끔 저녁에 남자애들이 오빠를 불러낸다. 그러면 영락없이 또 엉망이 돼서 들어왔다. 주먹질로 다친 왼손이 아직 낫지 않아서 헝겊으로 동여맸으면서도 어울리겠다고 다시 나가니 여간 걱정스러운 게 아니다.

"오라비 어디 갔냐?"

엄마가 오빠 가방을 보며 물었다. 목소리에 기운이 빠졌고 얼굴도 핼쑥했다.

"밖에 그냥……."

"당장 찾아와."

엄마가 벽에 등을 기대며 말했다. 냉큼 나오기는 했으나 어디로 찾으러 가야 할지 모르겠다. 여자애들은 노는 데가 정해져 있지만 남자애들은 멀리까지도 가니까.

핀치기를 하던 재순이 패거리가 또 다가왔다.

"진짜지? 너도 들었지?"

"오, 오빠, 어디도 가넌 거아?"

똘이와 양숙이를 피해서 나는 잠자코 지나가려 했다. 더는 이상한 얘기를 듣고 싶지 않았는데 재순이가 나를 느닷없이 밀어제쳤다.

"너나 가 버려!"

"너나 가 버려!"

양숙이와 똘이도 합창했다. 약속이라도 한 듯 입에 손을 모으고 웃으면서. 재순이 손 끄트머리가 어찌나 사나운지 가슴팍이 다 얼얼했다. 얘들 말뜻을 이제야 알아들었다. 그래도 누굴 데려갈 거면 너나 가 버려.

나는 진저리를 치며 마른버짐 핀 재순이를 노려보았다.

"너, 나한테만 왜 이래? 왜 나만 괴롭혀?"

재순이가 턱을 쳐들더니 내뱉었다.

"그냥 싫으니까."

어금니가 꽉 물어졌다. 그냥 싫다니. 이렇게 억울한 말은 처음 들었다.

"그러니까 너나 꺼져. 거지 같은 기집애."

"거지?"

"집 없으면, 그게 거지지."

"그럼 너도 거지야. 여긴 너희 집도 아니잖아."

"우리 집이야. 이모할머니가 죽으면 우리 준댔어!"

"그러셔? 지붕도 새고, 노래기 천지 이따위 집! 그래, 너네나 가져. 우린 고향에 큰 집 있으니까."

"모를 줄 알고? 너흰 망했어!"

"누가 망했대?"

"망했어, 쪼올딱!"

꼴사납게 비틀린 입술이 다가드는 순간 따귀를 갈겨 버렸다. 심술 가득하던 얼굴이 홱 돌아갔다. 그러나 곧 고양이 같은 손톱이 내 목덜미를 후벼 내렸다. 감전되듯 섬뜩한 통증. 당장 머리채를 잡혔고 나도 엉겁결에 재순이 머리채를 움켜쥐었다. 양숙이와 똘이가 매달려 뜯어말렸기에 망정이지 하마터면 얼굴까지 죄다 긁힐 뻔했다.

재순이를 쏘아보는데 눈물이 솟구쳤다. 머리가 산발이 된 채 눈을 허옇게 치뜨고 나를 노려보는 애. 재순이는 독하다. 눈물은커녕 눈 하나 깜짝이지 않는다. 나는 바들바들 떨며 악을 썼다.

"또 그런 말 하면, 네년 입을 찢어 놓을 거야!"

재순이가 움찔했다. 그러나 곧 빳빳이 고개를 쳐들었다. 비록 눈물은 보였으나 나도 기세 좋게 돌아섰다.

걔들이 안 보이자 사정없이 눈물이 쏟아졌다. 온몸이 무섭게 떨려서 두 팔로 가슴을 꼭 끌어안아야만 했다. 재순이 뺨을 갈겼다는 게 믿어지지 않는다. 게다가 욕까지 했다. 하필이면 심술궂은 할망구가 며느리한테 퍼붓던 끔찍한 욕을. 나중에 그 고약한 노인처럼 돼 버리는 건 아닐까 싶어 자꾸만 눈물이 났다.

재순이가 틀렸다. 걔는 공부도 못하고 욕심쟁이에다 제 맘에 좀 안 드는 애가 있으면 못살게 구는 데 선수다. 그따위가 뭘 제대로 알 리 없다. 하지만 두렵다. 여기서 이렇게 사는 이유가 정말로 집이 망해서 고향에 못 돌아가는 거고, 그래서 아버지도 떠난 게 아닐까. 오빠마저 남의 집으로 가게 될까 봐 두려웠다. 오빠를 찾아야만 한다. 목이 쓰라리고 추웠다. 장마당을 샅샅이 살폈으나 오빠는 보이지 않았다. 도무지 찾을 수가 없었다.

제발 아버지가 돌아오셨으면. 엄마가 아프고 다른 집에서 큰아들을 데려갈지도 모르는데 어디서 뭐 하고 계실까. 마을 잔칫날이면 맨 앞에서 꽹과리 치고, 노래 잘 부르던 아버지의 웃는 얼굴이 자꾸만 생각났다. 다 같이 고향 집으로 돌아갈 수는 없을까. 여기는 온통 싸우려는 애들과 먼지를 뒤집어쓴 것들밖에 없다. 빨간 홍시가 오도카니 잠긴 맑은 개울도 햇살에 빛나는 앵두나무도 없다. 꽃처럼 예쁘게 물드는 감나무 한 그루 없다.

나는 멈칫했다. 낮에 왔던 숙이네가 저만치 앞서 가고 있었다. 그러고 보니 장마당을 지나 더 안쪽 마을까지 오고 말았다. 무당집 딸 옥란이와 이 길로 학교에 간 적이 있다. 여기로 가면 학교 뒷문이 나온다.

오빠 데려간다는 집을 알게 될지도 몰라. 나는 몇 걸음 떨어져서 숙이네 뒤를 밟았다. 가는 길에 주먹만 한 돌을 주워 주머니에 넣었다.

안쪽 마을은 객사리와 달랐다. 집과 상점들이 신작로를 따라 죽 늘어서 있는 객사리와 달리 집들이 다정하게 모여 있고 집집마다 텃밭이나 꽃밭이 있었다. 그중에 유난히 크고 좋은 집 앞에 숙이네가 섰다. 마을 끄트머리에 있는 집이라 울타리 옆은 야트막한 언덕이고, 언덕은 들판으로 이어졌다.

숙이네가 대문에서 초인종을 누르자 잠시 뒤에 누가 나왔고 대문은 금방 단단히 닫혔다.

"부자구나. 초인종도 있어……."

그러나 아무리 좋은 게 많은 집이라고 해도 남의 자식을 데려가면 안 된다. 돌을 만지작거리다 언덕을 달음질쳐 올라갔다. 울타리 너머로 집 안이 훤히 다 보였다. 대문에서 집까지 반듯한 돌이 깔려 있고, 양옆은 잔디밭이었다. 군데군데 잘 가꾸어진 꽃 무더기도 보였다. 재순이 꽃밭과는 비교도 되지 않았다.

"감나무다!"

창문 앞에 반듯하게 서 있는 감나무. 갑자기 목이 화끈하더니 눈물이 났다. 재순이 말이 떠올랐다. 너흰 쫄딱 망했어. 외삼촌이 우리를 쫄딱 망하게 한 거라면 재순이 년을 죽도록 패 줬어야 한다. 다음에는 꼭 그렇게 하고 말리라. 엄마는 빚쟁이 앞에서 왜 그렇게 비굴했을까. 오빠가 남의 집으로 가게 된다면 그건 엄마 때문이기도 하다. 동생을 쫄딱 망하게 한 못난 사람을 오빠로 둔 엄마 탓이다.

힘이 쭉 빠졌다. 하얀 벽에 커다란 창문이 있고, 파란 기와가 얹힌 집. 고향 집과는 다르지만 여기 와서 본 집들 중에 가장 좋아 보인다. 감나무도 있다. 이런 집이라면 오빠가 살아도 될 것 같다. 적어도 이런 집이라면. 가끔씩 내가 놀러 와도 될까.

어깨를 늘어뜨리고 언덕을 내려왔다. 대문 앞에서 문패를 보고 또 보았다. 한자로 새겨진 거라 읽을 수 없지만 눈물을 훔치며 보았다.

덜컹.

화들짝 놀라 물러섰다. 미처 몸을 숨기기도 전에 대문을 나온 남자애와 마주쳤다. 얼굴에 상처 하나 없는 깨끗한 애였다. 나도 모르게 고개를 돌렸다. 이렇게 번듯한 아들을 두고 남의 집 아들을 탐내다니. 참 욕심도 많은 집이다. 잠시 뒤 숙이네까지 나와서 나는 더욱 난처했다.

"태일이 웅변 연습 가는구나. 으응? 너는⋯⋯."

어디로든 재빨리 숨지 못한 걸 자책하며 나는 신발코로 땅만 헤집었다.

"총기가 있어. 그 여편네, 저런 자식들이니 못 내놓지."

가려다 말고 숙이네가 또 말했다.

"고것참! 혹시 너, 여기가 그 집인 줄 알고 따라왔니?"

"⋯⋯."

"아서라. 잘못 짚었다. 쪼끄만 게 걱정은. 네 오라비 어디 안 간다. 네 엄만 말뚝 내주고는 못 살겠더라."

숙이네가 총총히 멀어졌다. 나는 숙이네의 말을 제대로 알아듣지 못했다. 엄마한테 말뚝 같은 건 없는데. 어쨌든 오빠가 어디에도 안 가게 됐다는 건 알아들었다. 그거면 됐다.

50

얼른 돌아가고 싶은데 좁은 길에 태일이가 앞서 걷고 있어서 곤란했다. 나는 태일이를 앞질러 가지 못하고 길이 갈라지는 교회 앞까지 더디 갈 수밖에 없었다. 태일이가 교회로 들어가다 말고 돌아보았다.

"조연후가 네 오빠냐?"

나는 태일이를 빤히 보기만 했다.

"웅변대회는 포기하는 게 좋을 거라고 전해라."

호의적인 말투가 아닌데도 별로 거슬리지 않았다. 작은 덩치에 비해 말투가 또렷하고 강한 인상을 주는 애였다. 앞산으로 오빠를 불러내 해코지하는 남자애들, 미군 트럭을 쫓아가며 구걸이나 하는 애들과는 분명히 뭔가 다른.

마을을 벗어나 장마당으로 와서야 엄마 말이 생각났다. 오빠를 찾아오라고 했는데 어느새 어두워지고 있다. 남자애들 몇이서 그늘막을 기어오르며 놀고 있기에 가 봤지만 오빠는 없었다. 나는 가슴을 죄며 달렸다.

신작로를 건너기 전에 창문을 보았다. 희미하게 불이 켜져 있었다. 푹 꺼진 지붕에 억세게 자란 풀이 오늘따라 더욱 을씨년스럽다. 양철문에 살그머니 귀를 댔다. 갑자기 문이 부서져라 열렸다.

"내, 두고 보리다! 흥! 이놈의 집구석, 아들놈이 얼마나 잘되는가! 없이 살면 죽어지낼 줄도 알아야지, 이빨을 부러뜨려? 금쪽같은 내 아들!"

용완이 엄마였다. 용완이는 지난번에 오빠를 앞산으로 데려간 애들 중 하나다. 미군 부대 다니는 남편 덕에 콧대가 하늘같이 높다는 아줌마. 용완이 엄마가 나를 흘낏 보더니 지폐 뭉치를 주머니에 넣고 신작로를 건너갔다.

발소리를 죽이고 들어갔다. 벼락 맞을 각오를 단단히 하고서. 방문이 열려 있고, 오빠가 엄마 앞에 무릎을 꿇고 있는 게 보였다. 엄마가 낮은 소리로, 그러나 분명하게 말했다.

"이빨 값은 어미가 물어낸다. 절대로 지지도 말고, 맞고 다니지도 마."

오빠는 고개만 떨구고 있었다. 몰랐는데 푹 꺾어진 목이 앙상해 뵌다. 견디기 힘들었다는 걸 증명이라도 하듯. 설거지통에 그릇이 가득하다. 나만 빼놓고 저녁을 먹은 게 서럽지만 지금은 거기에 마음 쓸 때가 아니었다. 꾸지람을 면하려면 설거지라도 해야만 한다.

이모할머니가 영길이 아저씨를 방으로 끌어들이느라 애를 먹고 있었다. 그러나 취해서 잠든 아들을 못 이기고 병직이 삼촌을 고래고래 불렀다. 병직이 삼촌은 우물가에 있었다. 어둑한 우물에서 세숫대야에 머리를 처박고.

내 기척을 알아채고서야 병직이 삼촌이 머리를 들었다. 그리고 신음처럼 혼잣말을 하며 우물가를 떠났다.

"죽어 버리든지, 떠나 버리든지……."

병직이 삼촌은 자기 방으로 들어가 문을 닫아 버렸고, 이모할머니는 벼락같이 욕을 해대며 방문에 신발짝을 던졌다. 그리고 영길이 아저씨 곁에 앉아 꺼이꺼이 울었다. 똥오줌 못 가리다 뒈진 영감탱이 거둔 게 누구냐. 네놈 구멍에 손이야 발이야 나서 준 은혜를 요 모양으로 갚냐. 잡혀 들어가게 놔둘걸. 이놈아, 인정머리 없는 놈아. 오독오독 깨물어 먹어도 시원찮을 팔자야…….

부엌으로 가는 좁은 골목에서 오빠가 구덩이를 파고 있었다. 나를 보고도 하던 짓을 멈추지 않았다. 깊은 구덩이에 구슬과 딱지를 파묻기만 했다. 이미 파묻은 것도 많은데 묻으려는 양도 엄청나다. 어기죽거리며 걸을 정도로 위아래 주머니가 불룩해져 들어오는 걸 몇 번 보기는 했어도 긁어모은 게 저렇게 많을 줄은 몰랐다. 동네 남자애들 주머니가 족족 털려서 무덤에 들어가는 꼴이었다.

"전부 거기다 감추는 거야?"

"뭣하게 감춰."

"감추는 게 아니면?"

"씨를 말려 줄 거야. 얼마든지 대들라고 해. 날 이겨 보라고. 까짓거……."

오빠가 중얼거리며 구덩이를 꼭꼭 밟았다. 자신에게 하는 어금니 앙다문 소리. 나는 숨을 깊이 들이마셨다가 천천히 내쉬었다. 한숨 끄트머리에 안도의 웃음이 났다. 엄마가 도끼눈을 뜨고 쏘아보는데도 별로 무섭지 않았다. 엄마는 오빠를 남의 집에 절대로 보내지 않고, 오빠도 떠나지 않을 것이다.

한방에 바짝바짝 붙어 누운 식구들이 잠들었다. 연미 옆을 살그머니 더듬자 오빠의 어깨가 만져졌다. 따뜻하고 단단한 어깨. 태일이의 말을 전하지 못했다. 하지만 괜찮다. 누가 뭐래도 오빠는 원하는 걸 해낼 테니까.

한밤중이건만 천장의 얼룩이 보였다. 작으나마 창문이 있어서였다. 찬바람이 들어올세라 문틀까지 봉해 버렸고, 늘 먼지가 껴서 몰랐는데 손바닥만 한 그 창문으로 달빛이 비쳐 들고 있었다. 비가 새서 양동이를 대 놓아야 했던 천장 구석은 더 시커멓게 보였다. 어둠을 틈타 노래기들이 거기서 또 줄줄이 내려올 것이다. 그래도 식구들이 이 방에 같이 있어서 참 다행이다.

눈을 감아도 잠이 오지 않았다. 자꾸만 낮에 보았던 감나무 집이 떠올랐다.

'어른 되면, 꼭 그런 집에 살아야지.'

4. 쓰레기 놀이

펌프 손잡이에 펄쩍 뛰어올랐다. 물과 하는 시소놀이. 뭐든 풍요로운 고향에도 펌프는 없었다. 외가에도 철물점에도 우물이 있을 뿐이다.

"야, 가자."

광에서 나온 미경이가 손나발을 하고 소리 죽여 불렀다. 그리고 고양이 걸음으로 부엌을 지났다. 미경이 주머니는 광에서 훔쳐 낸 것들로 불룩했다. 부엌에서 일하는 아줌마가 둘이나 있지만 아무도 미경이를 나무라지 않았다. 나는 반질반질한 가마솥들과 선반에 켜켜이 정리된 그릇들, 먹음직스럽게 차려지고 있는 음식상에서 눈을 떼지 못했다. 이렇게 넓고 먹을 게 많은 부엌은 처음이다.

"야야, 거치적대지 말고 어여 나가."

손사래 치는 아줌마한테 놀라 냉큼 나왔다. 남의 음식상에 군침 흘린 것도 창피한데 쫓겨나기까지 해서 얼굴이 더 화끈거렸다. 혹시 미경이가 내 모양을 봤으면 어쩌나 싶었는데 괜찮았다. 미경이는 자기 엄마가 방에서 나오자 몸을 축 늘어뜨렸을 뿐이다.

"히잉, 엄마아."

"울 애기 왜 또!"

미경이가 징징대며 팔을 내두르자 한복 차림의 미경이 엄마가 이내 이맛살을 찌푸렸다. 짙은 화장에도 주름살이 고스란히 드러났다. 공들인 얼굴을 찡그리며 콧소리 내는 미경이 엄마도, 서너 살 응석받이처럼 칭얼거리는 미경이도 나는 좀 이상해 보였다. 우리 집에서는 다섯 살 연미도 저렇게 굴지 않는다. 내가 저랬다면 등짝에 불이 났을 거다. 사실은 좀 부러웠다. 아직도 애기 노릇이 통하다니. 나는 집안일과 동생들을 맡아야 하는 큰딸일 뿐인데.

미경이 엄마가 희한하게 생긴 과일을 쥐여 주며 딸의 어린양을 달랬다. 그리고 활짝 웃으며 손님들을 맞이했다. 양복 차림의 남자들이 왁자하게 들어온 것이다. 그중에 낯익은 사람도 있었다. 오늘 아침조회 시간에 오빠 연후에게 상장을 준 면장님이다.

오빠는 새마을운동 웅변대회에서 당당히 6학년 대표로 군수님 상을 받았다. 군수님은 나랏일로 바빠서 못 오셨다며 대신 상을 준 면장님이 오빠의 어깨를 툭툭 쳐 주기까지 했다. 태일이도 똑똑하게 잘했지만 "새마을운동이야말로 어린이의 희망찬 미래라고 이 연사 힘차게 외칩니다!" 하며 탁자를 쾅 치기까지 한 오빠를 당해 내지 못했다. 전교생이 천둥처럼 박수칠 때 나는 가슴이 터져 버리는 줄 알았다.

오빠를 기특해하던 면장님을 가까이서 보니 더 반가웠다. 면장님은 며칠 전에 공무원들을 죽 데리고 신작로 집들을 둘러보다가 바로 우리 지붕을 보고 "조국 근대화를 이룩하려면 이런 초가지붕부터 싹 개량해야 합니다" 한 적도 있었다. 그건 어려운 말이었지만, 누군가 "면장 덕분에 다들 번듯한 집에서 살겠구먼" 해서 나도 충분히 알아들었고 면장님이 좋은 사람이라고 믿게 되었다. 노래기가 줄줄 내려오고 비도 새는 집을 번듯한 집으로 바꿔 주겠다니 집주인보다 친척보다 더 좋은 사람임에 분명하다고.

그날 병직이 삼촌은 좀 이상했다. 면장님 일행을 향해 "겉치레 행정은 집어치워라!" "국민을 우롱하지 말라!"는 둥 모를 소리를 질러 댔다. 병직이 삼촌 말고도 그렇게 외치는 고등학생들이 더 있었는데 동네 아저씨들이 눈살을 찌푸리며 쫓아 버렸다. 면장님이 워낙 많은 사람들에게 둘러싸여서 그 소리를 못 들은 건 다행이었다.

나는 병직이 삼촌이 좋은 사람이고 뭘 잘못할 사람은 아니라고 믿는다. 하지만 그때는 병직이 삼촌이 그러면 안 될 것 같았다. 면장님이 그 소리를 들었다면 기분이 몹시 상해서 지붕 개량에서 우리만 빼놓을지도 모른다고 생각했다.

면장님이 오늘 아침조회에서 웅변대회 최고상을 준 학생의 동생이 바로 나라는 걸, 풀이 무더기로 자란 썩은 지붕 집에서 사는 아이가 바로 나라는 걸 알았으면 해서 나는 면장님이 이쪽을 볼 때 활짝 웃었다. 그러나 미처 못 보았는지 면장님은 미경이 엄마의 어깨에 팔을 두르고 방으로 들어가 버렸다.

"이거 바나나야. 넌 한 번도 못 먹어 봤지?"

나는 살짝 웃기만 했다. 추접스러워 보일까 봐 미경이가 먹는 걸 안 보려고 눈을 돌렸다. 하지만 한 입도 안 주고 혼자 먹어 버리자 몹시 실망스러웠다. 미경이가 준 것은 밀감 한 쪽뿐이었다. 그나마도 처음 맛보는 건데, 몇 번 씹기도 전에 목구멍으로 넘어가 버려 아쉽기만 했다.

자기가 먼저 같이 놀자고 했으면서 미경이는 한 발짝 앞서 걸었다. 주머니 불룩한 걸로 위세라도 부리듯. 거기다 마당에 들어서자마자 재순이에게 걸려 버렸다.

"미경아, 우리랑 놀자. 좋은 거 되게 많은데."

이모할머니네 마루에서 재순이가 손을 까불렀다. 소꿉 살림을 펼치던 양숙이도 활짝 웃었다. 걔들은 민첩한 거미처럼 미경이가 가진 먹이를 단박에 알아챘다.

"봐. 찻잔이랑 식탁도 있어. 접시에 밀감 쪼개 놓으면 더 진짜 같잖아."

"이야, 정말 귀엽다!"

미경이가 찻잔을 들고 감탄했다. 나는 기분이 나빠졌다. 자기가 먼저 같이 놀자고 해놓고 금방 배신이다. 저런 애는 단짝 친구가 되기 어렵다. 차라리 옥란이랑 반달우물에서 놀 걸 그랬다.

옥란이라면 절대로 변덕부리지 않을 것이다. 옥란이도 떡이며 사탕 같은 걸 갖고 있지만 누구와도 어울리지 못한다. 무당 딸이기 때문이다. 키만 삐죽하니 크고 너무 말라서 꼭 막대기 마냥 생김새가 정나미 떨어지기도 한다. 눈도 퀭하고 웃을 때 할머니처럼 얼굴에 주름살도 생기지만 나쁜 애는 아니다. 거짓말도 안 하고 누구랑 싸우지도 않는다. 이런 건 오래 사귀지 않아도 알아지는 거다.

똘이가 헐레벌떡 뛰어 들어왔다. 그런데 놀랍게도 옥란이가 뒤따라왔다. 손에 노랑머리 인형이 들려 있었다. 오늘 아침에 뒷길로 학교 갈 때 수줍어하며 보여 주었던 바로 그 인형이었다. 앙증맞은 속옷에 손톱만큼 작은 구두까지 신겨진 것. 자기 엄마가 미군 집에서 굿을 해주고 선물로 받아 왔다고 자랑하던 것.

"봐! 내가 데려온댔지!"

의기양양해하는 똘이를 밀어내고 재순이가 옥란이 팔을 끌어당겼다. 재순이가 인형을 만지려고 하자 옥란이가 냉큼 뒤로 감추며 물러났다.

"그냥 같이 놀자구. 뺏을 거 아냐. 봐. 찻잔, 주전자에 진짜 밀감도 있어. 인형까지 있으면 아주 그럴싸하잖아!"

"너, 그거 어디서 났어?"

미경이 물음에 옥란이가 입술만 꼭 깨물었다.

"쓰레기장에서 주웠지? 난 다 알아. 미국에만 있는 빠비 인형이거든."

"그게 뭐? 넌 저런 거 있어?"

재순이가 옥란이를 곁으로 당기며 편을 들어 주었다. 나는 옥란이가 마루에 슬그머니 엉덩이를 붙이고 소꿉 살림을 이것저것 만져 보는 게 역겨웠다. 학교 갈 때 "반달우물에서 같이 인형 목욕시킬래?" 하고 조심스레 묻던 애가 이제는 나를 거들떠보지도 않는 것이다. 미경이가 같이 놀자고만 안 했어도 옥란이랑 반달우물에서 놀았을 것이다. 아니다. 변덕쟁이 거짓말쟁이와는 놀지 않을 것이고, 쓰레기장에서 주운 것에는 손도 대지 않을 것이다.

생각은 그렇게 했지만 속이 쓰리고 아팠다. 동네에서 가장 보잘것없는 애보다 못한 애로 전락해 버린 처참한 기분이다. 그러나 아무렇지도 않은 척해야만 했다. 문득 살림살이 속에 플라스틱 포크와 칼이 섞여 있는 게 눈에 띄었다. 양숙이의 분홍색 소꿉 살림보다 훨씬 크고 하얀 것. 그러고 보니 군용 깡통도 몇 개 보였다. 아직 뚜껑을 따지 않은 것들이었다.

"뭘 그렇게 봐?"

재순이가 쏘듯이 물었다. 켕기는 게 있는 말투였다. 재순이를 빤히 쏘아보았다. 분명히 또 미군 쓰레기장엘 다녀온 것이다.

얼마 전부터 벽돌 공장 자리에 미군 쓰레기가 버려지기 시작했다. 동네 애들한테는 새로운 놀이터가 생긴 셈이었다. 눈치껏 쏘다니는 쥐새끼들처럼 밤에만 들락거리는 놀이터. 남자애들은 거기서 주워 온 잡지를 돌려 보며 키득거리고 길쭉하고 누런 풍선 같은 걸 잔뜩 주워 갖고 와서는 누가 크게 불어서 터뜨리나 내기도 했다. 그건 잘 터지지도 않았고 그걸 본 어른들은 쥐어박을 듯이 애들을 몰아세웠다. 애들은 도망치며 웃고 어른들은 주먹을 휘두르면서도 킬킬거렸다.

외사촌들이 주워 온 물건들을 보고 엄마가 불같이 화를 냈었다. 쓰레기들을 빼앗아 아궁이에 처넣고 다시는 그러지 않는다는 다짐도 받아 냈다. 난생처음으로 된 꼴을 당한 듯 외사촌 언니조차 찍소리를 못했다. 외숙모가 잠자코 있어서 엄마가 더 화를 냈는데 또 다녀온 모양이다.

"너 또 혼나려고?"

내 말을 재순이가 냉큼 콧방귀로 받아쳤다.

"누가 날 혼내?"

"다신 안 그런다고 해놓고."

"웃겨. 고모나 야단이지, 뭐가 어때서? 고모는 호랑이같이 군다니까!"

"쓰레기장 뒤지는 건 더러운 짓이야."

미경이가 재순이랑 놀지 말았으면 하고 꺼낸 말이었는데 미경이는 신경도 쓰지 않았다. 엄마 말을 흉내 냈을 뿐 나도 사실은 더럽다고 생각하지 않았다. 포크나 칼은 흠집도 없이 하얗기만 하고 그런 걸 처음 봐서 갖고 싶기도 했다. 솔직히 고백하자면, 나도 쓰레기장에서 옥란이처럼 특별한 걸 찾아내고 싶었다.

"너는 그렇게 무서운 엄마랑 어떻게 같이 사니?"

재순이의 비아냥을 잠자코 듣기만 했다. 엄마가 호랑이처럼 무섭게 구는 건 사실이다. 아버지만 계셨어도 안 그럴 텐데. 고향에서는 큰소리를 낸 적도 없었으니까.

"짜잔!"

이모할머니의 방문이 활짝 열렸다. 거기서 입술을 새빨갛게 칠한 외사촌 언니가 나왔다. 이모할머니가 점점 더 막걸릿집을 좋아해서 집을 자주 비우는데, 그 틈에 외사촌들은 이모할머니 방을 멋대로 들락거리곤 했다. 그러면서 화장품을 마음대로 바르고, 한복을 꺼내서 입어 본다. 이모할머니가 그걸 본다고 해도 야단칠 수 없을 것이다. 곤드레만드레 취해서 제대로 보지 못할 것이고 술이 깨면 아무것도 기억하지 못할 테니까.

"여길 보시라!"

외사촌 언니가 치마를 슬쩍 들더니 핑그르르 돌았다. 살지고 허연 다리에 그물 같은 스타킹이 신겨져 있었다. 구멍이 숭 숭 나서 신으나 마나 한 스타킹이었다. 치마를 까부르며 웃던 언니가 나를 보고 새치름해졌다. 그러더니 이내 몸을 배배 꼬면서 노래를 부르기 시작했다. 이모할머니가 취해서 부르던 미아리 눈물 고개 님이 넘던 이별 고개 어쩌구 하는 노래였다.

"춘심이 언니는 이렇게 해."

미경이가 포크를 입에 대더니 눈을 게슴츠레 뜬 채 똘이 어깨를 끌어안고는 엉덩이를 흐느적거리기 시작했다. 방석집에서 일하는 춘심이 언니를 흉내 내는 것이다. 그러자 재순이도 양숙이도 손에 뭘 들고서 따라 하는 바람에 마루가 꼭 방석집이라도 된 것 같았다. 병직이 삼촌이 들어오다 그걸 보고 얼굴이 굳어졌다.

"천박한 것들."

병직이 삼촌이 침을 뱉듯이 말하고 들어가자 외사촌 언니가 노래를 그만두었다. 그리고 입을 삐죽이며 중얼거렸다.

"퍽도 잘나셨지. 면장님 군수님보다 잘나셨어……."

"언니, 우리가 방문에 신발짝 던져 줄까?"

"까불지 마."

"저번에도 신발짝 던지려고 했으면서. 쪽지 안 받았을 때."

외사촌 언니가 재순이 볼을 쿡 쥐어박고는 이모할머니 방으로 들어가 버렸다. 쥐어박히는 걸 내가 본 것이 마땅찮았던지 재순이가 흘겨보았지만 나는 턱을 쳐들고 싹 돌아섰다. 언젠가는 재순이한테 천박하다는 말을 꼭 써먹을 테다.

"숙제도 않고 쏘다닐래?"

연경이에게 글자를 가르치던 오빠가 눈을 부라렸다. 나는 잠자코 산수책을 꺼내 숙제할 곳을 폈다. 엄마가 방에 들어오면 잘 보이도록 앉은뱅이책상 위에 상장이 놓여 있었다. 장바닥에서 지쳐 돌아온 엄마에게 오빠가 할 수 있는 최선이었다.

동네 남자애들은 더 이상 오빠를 불러내지 않는다. 싸워서 다칠망정 피하지 않고 놀이에도 지지 않으면서 오빠가 드디어 동네 남자애들 속에 끼었다. 전교생 앞에서 면장님한테 상 받은 일 또한 조연후가 만만치 않은 존재라는 사실을 확실히 해 줄 것이 분명하다.

"팽이가 팽팽 돕니다."

연경이가 볼멘소리로 읊었다. 오빠가 공책에 적은 걸 따라서 적고 읽으며 글자를 배우는 것이다. 내가 그랬듯이 연경이도 입학하기 전에 오빠한테 숫자와 글자를 배워야만 한다. 그러나 연경이는 나가서 놀지 못하는 게 내내 억울한지 밖이 어두워질수록 목소리에 울음이 뱄고 콧구멍도 벌름거렸다. 나한테 글자를 가르칠 때는 오빠가 꼭 그랬었다. 엄마가 시키니까 마지못해 글자를 가르치고 숫자를 따라 쓰게 했었다. 그런데 이제는 달라졌다. 꼭 아버지처럼 군다. 잘 웃지도 않고 절대 투정 부리지도 않는다. 아버지가 없는 동안 오빠는 그렇게 달라졌다.

외사촌 동생이 찾아와서 연경이 표정이 밝아졌으나 불려 나간 건 나였다. 방문 앞에서 나는 허락을 기다렸다. 내가 눈치 보며 서 있는 줄 뻔히 알면서도 엄마는 물에 만 밥만 떠먹었다. 오늘도 엄마는 몹시 지쳤지만 기분까지 나쁘지는 않다. 첫 숟가락을 뜨기 전에 밥풀을 짓이겨 상장을 벽에 붙인 것만 봐도 알 수 있다.

밥을 다 먹고서야 엄마가 우리를 보았다. 서 있기가 고역이 었는지 외사촌 동생이 먼저 우물거렸다.

"저기요, 옛날얘기 하면서 논다고 데려오래요."

"누가?"

"언니들이요."

엄마는 여전히 아무 대답도 안 했다. 지치고 지쳐 말하기도 싫은 건지, 따돌리기만 하던 나를 끼워 준다는 게 기특해서인지 알 수가 없어서 나는 잠시 망설이다가 외사촌 동생을 따라갔다. 낮에 있었던 일이 좀 꺼림칙하지만, 분명히 옛날이야기 하면서 논다고 데려오라고 했다. 엄마도 들었으니 괜찮을 것이다.

싸한 밤공기에 가슴이 시원하게 뚫리는 듯했다. 이렇게 늦은 시간에 엄마한테서 벗어나 외사촌들과 어울리게 됐다는 사실에 가슴이 두근거렸다. 유리문을 열고 들어서자 모두의 시선이 내게 쏠렸다. 마루에 동네 여자애들이 죄다 모인 것 같았다. 그런데 겉옷에 벙거지까지 챙긴 모양이 방 안에서 놀 기미가 아니었다. 방에서 빚쟁이와 길게 누워 잡담하던 외숙모가 찡그리며 잔소리했다.

"연재는 왜 달고 가? 고모 째그락대는 소리 귀찮은디!"

엄마의 잔소리가 듣기 싫다는 말이라 나는 좀 긴장했다. 뭔가 흥분되는 일이 벌어질 것 같은 판에 여기까지 와서 따돌려지고 싶지 않았다.

"우리가 다 알아서 해!"

재순이가 앙칼지게 대꾸했다. 그렇게 말해 준 게 놀라워서 나는 재순이를 보고 외숙모를 다시 보았다. 이미 외숙모는 빚쟁이와 다시 잡담을 하고 있었다. 외가에는 늘 저런 빚쟁이가 찾아와서 며칠씩 아랫목을 차지하곤 한다. 외삼촌이 목수 일을 마치고 돌아와야 빚쟁이가 떠나곤 하는데, 외숙모는 워낙 웃기를 잘해 빚쟁이와도 다투는 일 없이 지냈다.

"잘 따라와."

외사촌 언니가 먼저 나가고 작은 애들이 중간에, 큰 애들이 뒤에 섰다. 어딜 가는지 어디에 껴야 할지 몰라서 머뭇거리는 나를 보고 재순이가 히죽 웃었다. 나는 재순이 뒤를 따라가며 짐작했다. 쓰레기장에 가는구나!

가끔 미군 차가 지나갈 뿐 신작로는 한산했다. 매캐한 먼지 냄새와 차가운 공기로 코가 매웠다. 길가의 집들에서 흘러나오는 흐릿한 불빛을 도둑고양이처럼 지나치는 아이들을 따라가는 건 가슴 설레는 일이었다. 마음으로는 '이건 더러운 짓이야. 엄마가 다리몽둥이를 분질러 버릴걸' 생각하면서도 뒤처지지 않으려고 부지런히 따라 걸었다. 삼거리쯤 왔을 때 오른쪽 도로 저만치에서 트럭이 달려오며 양쪽 라이트를 번쩍 했다.

"숨어!"

외사촌 언니의 명령에 아이들이 골목으로 숨거나 입간판 뒤에 쪼그려 앉았다. 트럭이 천천히 왼쪽 도로로 방향을 틀 때 트럭의 라이트가 수색하듯 주변을 훑고 지나갔다.

그때였다. 라이트가 면사무소의 긴 담벼락을 훑고 지나가는 순간, 어떤 사람이 골목 안쪽으로 숨어드는 게 언뜻 보였다. 왠지 담벼락에 낙서를 하다 재빨리 피하는 것처럼 보였다. 우리들처럼 그도 들키면 곤란해지는 모양이었다. 면사무소 담벼락에는 늘 새마을운동 표어나 포스터 같은 게 붙어 있는데, 거기에는 또 '껍데기 개혁 타도' '독재 정권' 같은 글씨들이 휘갈겨 쓰여 있곤 했다.

트럭이 왼쪽 도로로 천천히 돌 때쯤 면사무소에서 어떤 남자가 나왔다. 그가 담벼락을 힐끗 보더니 주위를 두리번거렸다. 그리고 골목으로 달려갔다. 우리는 구둣발 소리가 멀어질 때까지 꼼짝하지 않았다. 누군가 목소리를 죽여 말했다.

"우리도 잡히는 거 아냐?"

아무도 대꾸하지 않았다. 조용해지자 외사촌 언니가 먼저 움직였고 아이들이 슬금슬금 따라 움직였을 뿐이다. 전에는 벽돌 공장이었지만 이제는 쓰레기가 산처럼 쌓인 곳에 트럭이 멈추었고, 아이들은 다시 길 가장자리 코스모스 옆으로 붙어

앉았다. 코스모스에 내린 찬 이슬이 선뜩하니 뺨에 닿아 나는 부르르 몸을 떨었다.

트럭의 뒤 뚜껑이 천천히 열리고 쓰레기가 쏟아지기 시작했다. 트럭의 창백한 라이트와 달빛에 부연 먼지가 날리는 게 훤히 보이고 구린 듯 매캐한 냄새가 번졌다. 여름이 끝나면 사라지는 두엄 냄새와 달리 밤낮으로 동네에 떠다니는 눅눅하고 구린 냄새의 시작은 바로 여기다.

"난 인형을 찾아내고 말 거야!"

누군가 속삭였다. 바짝 긴장이 됐다. 그런 건 내가 먼저 찾아야 하는데. 깨끗이 닦아서 숨겨 두고 몰래몰래 가지고 놀 것이다. 인형 옷을 만들어 입히고 덧신도 떠서 신길 것이다. 꿈속의 여자가 토끼에게 그랬던 것처럼. 그 여자는 너무 멀리 있어서 색색의 은행들을 받으러 갈 수가 없고 예쁜 토끼를 다시 볼 수도 없다. 어쩌면 더 특별한 걸 찾아낼지도 모른다. 동네 애들이 부러워서 같이 놀아 달라고 애걸복걸할 만큼 아주 특별한 것. 그런데 여긴 냄새가 너무 고약하다.

트럭이 빠져나가기도 전에 애들이 쓰레기 더미로 달려들었다. 소름이 쪽 돋았다. 악취도 아랑곳 않고 달라붙은 애들. 납작 엎드려 쑤석거리는 애들이 꼭 썩어 가는 생선에 달라붙은 파리 떼처럼 보였다. 내 속에서도 뭔가 꿈틀거렸다. 장마당에서 충동이 느껴지던 것처럼. 어물거리면 안 돼.

재빨리 쓰레기 더미로 갔다. 그러나 발도 잘 디디지 못해 몇 차례나 넘어지다가 겨우 뒤엉킨 천 쪼가리들을 헤집어 보았다. 퀴퀴한 냄새 때문에 뒤로 물러나고 뭔가에 찔려 자리를 옮기고. 쓰레기는 산처럼 높은데 어디서 뭘 찾을 수 있을지 막막하기만 했다. 온갖 것들이 뒤섞여 있는 이 속에서 온전한 뭔가를 찾는 것 자체가 불가능해 보였다.

불쾌하고 후끈한 냄새, 끈적거림, 날카로움, 발목을 휘감는 것들 때문에 헛손질만 거듭하다 묵직한 걸 찾아냈다. 종이에 두툼하게 싸인 것. 뻣뻣한 종이에 둘둘 말려 있는 게 그냥 쓰레기 같지가 않았다. 몇 겹의 종이를 풀다 보니 손에 물컹한 게 느껴졌다. 차갑고 미끈한 무엇.

"아!"

나는 구역질하며 물러나다 주저앉고 말았다. 신음이 목구멍까지 차올랐다. 그것은 죽은 무엇이었다. 아직 미끈거림과 비릿함이 남아 있는. 순간이었지만 아주 작은 손가락을 만졌던 것 같기도 하다. 아니다, 잘 모르겠다. 저게 도대체 뭘까. 확인하고 싶은 강렬한 호기심을 느끼면서도 나는 설설 물러났다. 어지럽고 무섭다.

"출발!"

외사촌 언니의 명령에 정신이 퍼뜩 들었다. 진저리를 치며 황급히 자리를 떴다. 더는 쓰레기 더미에 손을 대기 싫었으나 아무것도 찾아내지 못한 건 너무나 안타까웠다.

외사촌들을 비롯해 아이들은 다 뭔가를 가지고 있었다. 찾아낸 게 마음에 드는지 자랑도 하고 깔깔대기도 했다. 나는 삼삼오오 몰려가는 애들을 맨 뒤에서 잠자코 따라갔다. 내 손만 비었다. 나만 빈손이다. 그래도 뒤돌아보지 않았다. 감히 돌아볼 수가 없었다.

누군가 '반짝반짝 작은 별' 노래를 시작하자 모두 입을 모아 따라 했다. 작은 소리로. 나는 이를 악물고 걷기만 했다. 몸에 엉겨 붙은 냄새가 너무나 끔찍해서, 더러워진 손을 당장이라도 씻고 싶어서. 그러나 결국 노래를 따라 불렀다. 내가 뭘 만졌는지 잊어야만 한다. 물컹하던 손끝의 느낌까지 말끔히. 반짝반짝 빛나는 별처럼 깨끗해지려면.

아이들이 하나둘 자기 집으로 가고 외사촌들과 나만 남았다. 부옇게 불빛이 흘러나오는 유리문 앞으로 가던 재순이가 다시 내게로 왔다.

"어디, 일러 보시지? 이젠 어쩔 수 없을걸. 너도 했으니까."

이죽거리던 재순이 얼굴이 찡그려졌다.

"아우, 냄새! 너 도대체 뭘 묻힌 거야?"

나는 가슴이 덜컹해서 재빨리 안마당으로 갔다. 그러나 처마 밑에서 발이 묶여 버리고 말았다. 아버지다. 아버지가 돌아오셨다. 그런데 이모할머니랑 마루에 앉아 술을 마시고 있다. 우는지 "욱욱" 소리를 내면서.

"으떻게, 저 굴속 같은 데다가!"

"저 여편네 모자란 거야 자네도 알지 않는가. 처남 실속 없는 거야 그만큼 겪었으니 뼈에 사무치게 알 것이고."

"날 거덜 낸 것도 모자라 양식마저 빼돌려? 그게 내 새끼들 마지막 목숨 줄인데. 우욱, 그따위 위인도 처남이라고."

"자네 잘못이여. 누굴 믿어서 양식을 그 집구석 광에다 둬? 손바닥만 한 거라도 땅뙈기로 바꾸었어야지."

"여기다가 왜, 고향 가야지요. 빚 받아서 돌아가야지."

"고향엘 가? 그럼 좋지! 암, 좋고말고! 쯧쯧. 이봐, 조 서방."

"여긴 정나미가 떨어져요."

"아무도 고향에는 못 간다네. 한 번 떠나면 다시는 못 가. 그게 인생이여."

"으으, 드러운 놈의 세상!"

아버지가 울고 있었다. 이모할머니가 한 잔 마시고 다 잊으라며 자꾸 술을 권했다. 아버지는 주먹으로 마루만 쿵쿵 찧으며 욱욱거렸고 술은 이모할머니가 마시고 또 마셨다. 벌써 취했는지 영길이 아저씨는 마루에 널브러져 있었다. 나는 아버지가 울어서 눈물이 났고, 아버지가 오시는 날 이런 꼴이 된 내가 한심해서 울었다.

"조연재."

머리 위에서 소리가 났다. 병직이 삼촌이 창을 열고 손을 뻗었다.

"춥지? 손잡아."

"삼촌. 난, 너무 더러워요."

그 말을 하는데 눈물이 솟구쳤다. 이제 더 이상 나는 토끼털로 마무리된 공단 조끼를 입은 여자애가 아니었다. 오물에 더러워진, 상고머리에 검정 고무신밖에 못 신고 욕도 잘하게 된 객사리 여자애일 뿐이었다.

"그러고 있다 엄마한테 들키면?"

그 말에 병직이 삼촌의 손을 잡았다. 그리고 팔뚝을 우악스레 잡아 올리는 힘에 이끌려 창문을 넘어갔다. 삼촌에게서 페인트 냄새가 훅 맡아졌다. 작은 방 안을 채운 오래된 책 냄새와 따뜻한 공기에 뒤섞여 있는 이질적인 냄새. 위험하고 불안한 비밀을 감싼 듯한. 왜 갑자기 면사무소 담벼락으로 숨어들던 사람이 떠오르는 걸까. 나도 모르게 진저리가 쳐졌다. 이사라도 가려는지 노끈으로 묶인 책들이 눈에 들어왔다. 방 안을 천천히 돌아보던 시선이 멎었다. 거울. 그 속에 도저히 나라고 믿을 수 없는 내가 있었다.

목구멍이 뜨거워지면서 울음이 꺽꺽 나왔다. 꼬질꼬질한 얼굴을 문지르려다 나는 소스라치게 놀랐다. 손과 앞자락에 엉겨 붙은 피 때문이었다. 아픈 것도 몰랐는데 뭔가에 손등을 베였다. 하지만 상처는 고작 긁힌 정도였다. 물컹한 느낌. 되살아난 그 느낌에 살갗이 따가울 만큼 소름이 돋았다. 손끝에도 기억이 남을 수 있다는 걸 처음 알았다.

"가만있어."

병직이 삼촌이 나가더니 대야에 물을 받아 가지고 왔다. 나는 소리 죽여 울면서 손이 깨끗해질 때까지 씻고 또 씻었다. 그러나 옷에 묻은 건 아무리 닦아도 소용없었다.

"네 피와 누군가의 피를 다 묻힌 날이구나."

더러운 걸 씻어 내느라 애썼건만 결국 앞자락만 흠뻑 적시고 말았다. 병직이 삼촌이 상처에 옥도정기를 발라 주었어도 나는 여전히 불안하고 아팠다. 상처가 보이지 않는 곳까지 온데가 다 아프고 쓰라렸다.

방 한쪽에 시선이 머물렀다. 노끈으로 묶인 책 더미 옆에 떨어져 있는 페인트 묻은 목장갑. 병직이 삼촌이 말없이 그것을 주머니에 넣었고, 나도 그것에 대해서는 감히 묻지 못했다.

"삼촌, 이사 가시게요?"

병직이 삼촌이 나를 물끄러미 보았다.

"넌 왜 나한테 삼촌이라고 하니?"

"그냥요. 우리 삼촌 같아서. 책 보는 거랑 교복이랑."

"너, 삼촌이 그립구나. 삼촌이 널 이뻐했어?"

"그런 건 아니고. 잘 놀리고 울렸는데."

"뭐라고 놀렸는데?"

"날 옴망눈이라고 불렀어요. 이름 대신."

병직이 삼촌이 빙긋 웃으며 나를 더 빤히 보았다. 삼촌이 왜 그렇게 놀렸는지 알아보려는 듯.

"연재야. 너, 여기가 왜 객사리인 줄 아니?"

나는 병직이 삼촌을 잠시 바라보다 고개를 저었다. 객사리니까 객사리라고 대답할 뻔했다. 하지만 병직이 삼촌이 그걸 몰라서 물었을 리 없다.

"여관 동네라는 뜻이야. 옛날에 여기가 천안에서 한양, 그러니까 서울로 가는 길목 동네였다더라. 사람들이 묵어 가는 동네. 그런데 말야……."

고개를 끄덕이며 병직이 삼촌을 빤히 보았다. 얼굴이 슬퍼 보인다. 왠지 좋지 않은 이야기가 나올 것 같다.

"왜 나는, 객사라는 생각밖에 안 드는지."

객사. 객사리와 객사가 다른 걸까.

"여기 있다가는 그렇게 죽어 버리고 말 거야."

중얼거리며 책상에 있는 작고 두꺼운 책을 만지작거리는 병직이 삼촌을 나는 그저 바라볼 수밖에 없었다. 병직이 삼촌이 나를 보더니 입꼬리를 올렸다. 웃는 표정만 지었지 결코 웃지 않는 얼굴.

"여긴 들개들이 사는 동네야. 굶주린 들개들."

좀 무섭게 들리는 말이었다. 면사무소 담벼락으로 숨어들던 그림자 같았던 사람이 또 생각났다. 아니다. 병직이 삼촌은 뭘 잘못할 사람이 아니다. 혹시 무슨 짓을 저질렀다고 해도 그건 그렇게 나쁜 일이 아닐 것이다. 병직이 삼촌이 만지작거리고 있는 책을 물끄러미 바라보았다. 빨간 잉크로 물들여진 옆면에 '강병직'이라고 쓰인 작고 두꺼운 책.

"누구든 잡아먹든지, 잡아먹히든지 하겠지. 아니면……."

솔직히 나는 병직이 삼촌의 말을 못 알아들었다. 아무리 생각해도 이 동네에 들개가 없는 건 확실하다. 어슬렁거리는 똥개는 몇 마리 있지만. 그 똥개들도 주인이 주는 밥이나 먹지 저희끼리 잡아먹는 건 못 보았다.

"아니면 조용히 관찰하든지. 넌 뭐가 될래?"

"뭘 관찰해요?"

"눈에 보이는 건 뭐든지."

어려운 말도 아닌데 무슨 말인지 또 알아듣지 못했다. 나는 병직이 삼촌이 나를 멍청한 애라고 여길까 봐 걱정이 됐다. 병직이 삼촌이 씩 웃었다. 그러고는 만지작거리던 책을 들어 보였다.

"사전이야. 세상의 모든 게 다 들어 있다."

"정말요? 그렇게 작은데 어떻게 다요?"

그때 밖에서 와장창 소리가 났다. 술상이 마당에 던져지는 소리였다.

"처남이고 뭐고! 내 요절을 내고 만다."

아버지가 비틀거리며 병직이 삼촌 방 앞을 지나가는 소리. 엄마가 골목까지 아버지를 따라가며 말리는 소리가 들렸다. 이모할머니는 또 고래고래 병직이 삼촌을 불러 댔다. 병직이 삼촌은 들은 척도 안 했다.

"이제 가라."

병직이 삼촌이 방문을 열어 주더니 내가 문지방을 넘자 어깨를 살짝 잡았다.

"옴망눈아, 이젠 울지 마. 똑똑한 눈은 더 좋은 데 써야 돼."

나는 고개를 끄덕였다. 그리고 재빨리 집으로 달려갔다.

방 안에는 이부자리가 펴져 있고, 동생들은 잠들어 있었다. 앉은뱅이책상에 있던 오빠가 차가운 눈으로 나를 건너다보았다. 입은 꼭 다문 채였고 어떤 행동도 안 했지만, 나는 오빠가 오늘처럼 무서운 적이 없었다.

방문이 덜컹 열리고 취한 아버지가 엄마에게 떠밀리듯이 들어와 이부자리에 엎어졌다. 쓰러진 채로도 아버지는 욱욱거렸고, 엄마는 한숨마저 삼키며 아버지를 보다 나를 돌아보고는 입을 앙다물었다. 어디를 다녀왔는지 다 안다는 표정이었지만 아버지 때문인지 단 한마디도 꺼내지 않았다.

오빠가 아직 책상 앞에 앉아 있건만 엄마가 불을 껐다. 불 꺼진 방 안에서 잠들지 못한 숨소리가 오래도록 꿈틀거렸다. 불안하게.

5. 불타는 거리에서

　아버지가 돌아온 그날 밤, 병직이 삼촌이 사라졌다. 그리고 이모할머니가 거품을 물고 쓰려져 병원에 실려 갔다. 벌겋게 취해 멍하니 앉아 있던 영길이 아저씨도 며칠 뒤 안 보이게 되자 비어 버린 이모할머니네 방으로 외삼촌네 살림살이가 들어갔다. 뻔뻔하게도 외숙모는 이모할머니의 옷장이며 찬장에 자기네 물건들을 채웠고, 이모할머니 옷이며 자잘한 세간들은 광에다 처박았다. 아버지가 쌀 사십 가마니를 맡겼다던 바로 그 광에.

　"이모할머니가 죽은 것도 아닌데."

　나는 분했다. 이모할머니가 죽으면 집을 물려준다고 했다던 재순이 말이 진짜가 돼 버리는 것 같아서였다. 외사촌들이 병직이 삼촌 방을 차지해 버린 게 무엇보다 눈꼴사나웠다. 외사촌들은 병직이 삼촌이 나를 끌어올렸던 창문에 쓰레기장에서 주워 온 천을 늘어뜨렸고, 꼬부랑글씨가 찍혀 있는 상자를 포개서 신발장으로 쓰기도 했다.

병직이 삼촌은 떠나기 전에 우리 방문 앞에다 노끈으로 묶은 책 더미를 가져다 놓았다. 공부하던 책을 오빠 연후에게 주고 간 것이다. 그중에 하나는 내 것이었다. 세상의 모든 것이 다 들어 있다던 작고 두꺼운 사전. 그건 한 권이었지만 신문지에 따로 싸여 있었고 노끈을 리본처럼 묶어서 마치 선물 같았다. 빨간 잉크로 물들여졌던 게 검은색으로 바뀌어 '강병직'이라는 이름이 지워졌고, 대신 맨 앞장에 '조연재'라고 쓰여 있었다. 교과서 말고 내가 난생처음으로 갖게 된 책이었다.

나는 사전을 보고 나면 다시 노끈으로 묶곤 했다. 사전을 함부로 다루지 않는다는 걸 병직이 삼촌에게 알려 주고 싶은데 방법이 없어서였다. 그러나 아무리 봐도 사전에는 글자밖에 없었다. 사전에 세상의 모든 게 다 들어 있다는 말은 삼촌이 낸 수수께끼인지도 모르겠다는 생각이 들었다. 그래도 재미는 있었다. 천박하다는 말이 '학문이나 생각 따위가 얕거나, 말이나 행동 따위가 상스럽다'는 뜻인 것도 알았으니까. 외사촌들에게 꼭 맞는 말이다.

나는 사전을 학교에도 가져갔다. 사전을 보고 있으면 별로 심심하지 않았다. 우리 반에서 어느 누구도 나만큼 두꺼운 책을 보지 않는다는 사실은 나를 좀 우쭐하게 만들었다. 옆에 옥란이 같은 애가 있으면 더더욱.

옥란이가 아까부터 옆에 와 있다는 걸 알면서도 나는 천천히 사전을 덮고, 다시 신문지로 잘 여미고, 귀가 함부로 눌리지 않게 책보에 잘 쌌다.

"넌 그런 책도 보는구나."

옥란이가 인형을 만지작거리며 비로소 말을 걸어왔다.

"그래서 눈이 반짝거리나 봐."

꼭 알랑방귀 뀌는 애처럼 굴고 있다. 하지만 그 말은 꽤 듣기가 좋았다. 병직이 삼촌도 비슷한 말을 했었다.

"이따 반달우물에 올래?"

나는 꼬질꼬질해진 인형만 흘깃 보고 말았다. 온 동네 여자애들이 다 주무르고 이제는 아무도 거들떠보지 않는 인형이다. 미장원놀이 한답시고 노랑머리를 하도 꺼두르고 자르기까지 해서, 당장 버린다고 해도 아무도 주워 가지 않을 꼬락서니였다. 옥란이 처지도 마찬가지다. 제아무리 사탕을 많이 갖고 어슬렁거려도 재순이 패거리는 놀아 주지 않았다. 그런 사탕을 먹었다가는 부정 탄다면서.

"너한테만 줄 게 있어."

귀가 솔깃한 말이었다. 그러나 한 번 쳐다봐 주면 무슨 말을 더 할 것 같은 옥란이를 나는 철저히 무시하며 꽃병을 들고 우물로 갔다. 청소 당번도 아니면서 옥란이는 교실을 떠나지 못했다. 그래서 나는 더 의기양양했다. 나만 그 인형을 만져 보지 못했다. 동네 여자애들이 다 만져 본 것을 말이다. 그렇게 나를 따돌렸던 애하고는 눈도 마주치지 않기로 그날 이미 마음먹은 터였다. 얼마나 큰 실수를 했는지 뼈에 사무치도록 후회하게 앙갚음을 해주고야 말 것이다.

"뭘 준다는 거야? 흥! 재순이한테나 갖다 바치시지 왜……."

시든 꽃을 빼서 쓰레기통에 휙 던져 버렸다. 도르래를 돌려 두레박을 내리는데 옥란이가 아직도 기다리고 있는지 궁금했다. 두레박에 물이 담겨 올라오는 걸 볼 때는 초라해지고 머리가 산발이 된 인형이 떠올랐다. 이따가 반달우물에 올래. 간절하고 처량한 소리였다. 그래 봤자 어림없다.

"쳇! 자업자득이야."

턱을 쳐들며 뇌까렸다. 사전에서 알아낸 어려운 말인데 아무도 들어 주지 않아서 좀 아쉬웠다. 그때였다. 어디선가 축구공이 굴러오는가 싶더니 한 무더기 남자애들이 우우 달려와 서로 공을 차지하느라 소란을 떨었다. 상급생들이라 얼른 옆으로 비켜났다. 그 순간, 꽃병이 우물 벽에 툭 부딪혔다.

"아, 어떡해!"

나는 깨진 조각을 주워 들고 우르르 몰려가는 상급생들을 멀거니 보았다. 그중에 얼핏 돌아보는 애가 있었는데 어쩐지 태일이 같았다. 태일이든 아니든 꽃병은 깨졌고, 선생님에게 야단맞을 애는 나였다. 내일 군수님이 학교를 방문한다고 해서 교실마다 환경 미화를 하느라 야단인데.

옥란이는 가고 없었다. 나는 방금 전에 벌어진 상황을 선생님께 다 말했다. 공부 시간에 대답하던 것보다 훨씬 더 또박또박. 절대로 내 잘못이 아니라는 걸 선생님이 알아주었으면 했다. 절대로 꽃병 값을 물어내라고 하지 않기를 간절히 바랐다. 그런 돈을 엄마가 줄 리 없으니까.

"잘못에는 책임이 따르는 법이다. 내일까지 꽃병을 가져다 놔. 꽃까지 잘 꽂아서 말이다. 군수님이 좋아하시면 널 용서하지."

선생님이 차라리 손바닥을 때리거나 야단쳤으면 좋았을 것이다. 몸이 천근만근 무거워지는 것 같다. 축구공을 하필 그쪽으로 몰고 온 상급생들에게 저주를 퍼부었다. 이대로 영영 사라져 버렸으면 싶었다. 그러나 아무것도 달라지지 않았다. 도대체 어떻게 꽃병과 꽃을 구하지. 그런 건 얼마나 비쌀까.

걱정이 가득해서 잡화상을 기웃거리는데 밖에서 빈 병을 정리하고 있던 주인이 눈살을 찌푸렸다. 뭐라도 슬쩍할까 봐 의심하는 눈초리였다.

"아저씨, 꽃병이 얼마예요?"

"꽃병? 큰 건 백 원, 작은 거라도 칠십 원은 줘야지. 돈은 있고?"

나는 대꾸도 못하고 돌아섰다. 도화지 사려고 엄마한테 십원 얻어 내는 것도 어려운데. 그런데 적어도 칠십 원은 있어야 한다니. 꽃병을 깨뜨렸기 때문이라는 걸 엄마가 알았다가는 돈은커녕 당장에 종아리가 터지고 말 것이다.

"아, 빈 병!"

길가 풀숲에서 빈 병이 눈에 띄는 순간 희망이 보였다. 잡화상 아저씨한테 갖다주면 돈을 줄지도 모른다. 불우이웃돕기에도 돈 대신 내는 게 바로 빈 병이다. 그러나 빈 병이 길에 널린 것도 아니고, 시간도 별로 없었다.

집으로 가지 못하고 온갖 데를 다 돌아다녔다. 학교에서 가까운 데가 객사 1리라서 빈 병이 있을 만한 골목이며 고물상 근처까지 가 보았다. 병을 담을 만한 포대는 주웠는데 빈 병은 고작 네 개밖에 못 주웠다.

"야! 여기까지 웬일이냐?"

"땅거지처럼 왜 포대를 들고 다녀?"

미군 차를 따라가며 구걸하던 애들이 알은체를 했다. 여기 살 때는 사방치기도 줄넘기도 같이 했던 애들이지만 나는 눈도 안 마주치고 동네를 떠났다. 집에 가서 동생들도 챙겨야 하고 저녁도 해야 하는데 큰일이었다.

"이걸로는 이십 원도 안 될걸. 난 이제 죽었구나! 학교에서 쫓겨나든가 엄마한테 쫓겨날 거야. 그럼 어디로 가나……."

병직이 삼촌을 찾아갈 수만 있다면. 갈 때는 사전을 꼭 챙겨 갈 것이다. 사전에서 알아낸 어려운 글자들을 줄줄 말하면 병직이 삼촌이 아주 기특해할 것이다. 사전에서는 아직 글자밖에 못 찾았다는 말도 할 것이다. 세상 모든 게 사전에 어떻게 다 들어 있다는 건지 확실히 물어봐야겠다. 아, 그때 대답하지 못한 것도 이참에 해야겠다. 이 동네에서 뭐가 될 건지 병직이 삼촌이 물었었다. 잡아먹든지, 잡아먹히든지, 조용히 관찰하든지. 아직도 이 동네에는 들개가 없다고 생각하지만 말이다.

"우리가 고향으로 가면, 난 거기서 뭐가 될 거야. 그렇지만 여기서 계속 살아야 한다면, 으음, 난 조용히 관찰할 거야. 그게 천박하지 않으니까."

나도 모르게 걸음이 멎었다. 전에 태일이 때문에 지나쳤던 교회 앞이었다.

풍금 소리. 귀에 익은 새마을운동 노래를 누군가 풍금으로 치고 있었다. 어느덧 주변에는 어스름 어둠이 내렸다. 무작정 돌아다니다 보니 이렇게 늦어 버렸고 여기까지 왔다. 주변에는 아무도 없고 안에서는 풍금 소리만 울려 나오고 있다. 회관 지붕에서 울려 나오는 노래는 스피커의 잡음 때문에 듣기 싫은데 풍금으로 듣는 노래는 아주 괜찮았다. 소리에 이끌려 교회 창문 밑으로 다가갔다. 그런데 풍금 소리보다 더 좋은 게 눈에 들어왔다.

"사이다 병이다. 전부 다!"

처마를 따라 차곡차곡 쌓아 놓은 걸 보니 버려진 건 아니었다. 그 많은 빈 병들을 보자 욕심이 더럭 생겼다. 반만 가져가도 백 원은 넘게 받을 것 같다. 하지만 이건 나쁜 짓이다. 더구나 여기는 교회. 부활절 달걀이나 과자 때문이기는 했어도 성공회당에 다닐 때 나도 기도라는 걸 했었다. 착한 아이가 되겠다고. 그러나 빈 병이 너무 많이 쌓여 있다. 몇 개쯤 없어져도 티가 안 날 만큼.

가슴을 죄며 주변을 살펴보고 빈 병 더미로 다가섰다. 벌써 어두워지기 시작해서 길가에 빈 병이 널려 있다고 해도 이제는 잘 보이지 않을 것이다. 더구나 주변에 아무도 없는 것 같다.

컹컹.

심장이 오그라드는 줄 알았다. 그러나 묶여 있는 개다. 나는 재빨리 포대를 벌려 빈 병을 주워 담았다.

"하느님, 한 번만 봐주세요. 앞으로는 착하게 살게요."

풍금 소리가 더는 귀에 들어오지 않았다. 진땀이 나고 입술이 바짝바짝 말랐다. 포대가 제법 묵직해지자 뒤도 안 돌아보고 자리를 떴다.

그때였다.

"야, 도둑놈! 거기 서라!"

"헉!"

나는 죽어라 달렸다. 도둑놈 소리가 귀에 붙어 떨어지지를 않았다. 목격자가 당장이라도 뒷덜미를 잡아챌 것 같아서 멈출 수가 없었다. 절대로 잡히면 안 된다.

가슴이 찢어질 듯 아파서 멈추었을 때는 이미 신작로까지 나온 뒤였고 주변은 어둑했다. 온몸이 떨리고 가슴이 비어 버린 듯 휑하니 시렸다. 이제는 재순이보다 더 나쁘고 옥란이보다 더 하찮은 애가 돼 버리고 말았다. 아니다. 옥란이는 도둑질은 안 했을 테니까 하찮은 애라고 하면 안 된다.

잡화상 문이 닫혀 있었다. 나는 문을 두드리며 생각했다. 꽃병을 교실에 사다 놓는다고 해도 학교에는 더 다닐 수 없을 것 같아.

"이걸 다 주웠다고? 넌, 낮에 그 애 아니냐?"

"이거면 꽃병 살 수 있나요?"

기어드는 소리로 묻는 나를 가게 주인이 탐탁지 않은 눈초리로 쏘아보았다. 눈초리가 영 거슬려도 나는 그가 빈 병을 받지 않겠다고 할까 봐 애가 달아서 눈치를 보았다. 돈은 안 줘도 되니까 대신 꽃병을 달라고 사정이라도 할 작정이었다.

"너 혹시, 우리 가게 빈 병을 슬쩍한 거 아냐?"

"네?"

"그때부터 이걸 다 주웠단 말야? 수상하잖아."

뒤통수가 찌르르했다. 너무 충격적인 말이라 머리가 깨질 듯 아파왔다. 안 그래도 도둑놈 소리에 기가 질렸는데 엉뚱한 데서 의심까지 받은 것이다. 눈물이 왈칵 쏟아졌다. 이렇게 서 있는 나 자신이 너무나 초라해서 죽고만 싶었다.

"아닌데요. 분명히 우리 교회 건데요."

이번에는 심장이 떨어지는 줄 알았다. 나는 바들바들 떨기만 할 뿐 감히 고개조차 돌리지 못했다. 태일이. 교회부터 소리

치며 따라온 애가 바로 태일이였다.

"정말이야?"

"네, 그러니까 제가 왔지요."

태일이는 어른 앞에서도 당당했다. 그 또렷한 말투. 그러나 나에게는 더할 수 없이 무서운 소리였다.

"뭐, 의원집 애가 그렇다면야! 그래도 어른한테 그렇게 눈 똑바로 뜨고 말하면 못쓴다. 크음."

가게 주인이 포대에서 빈 병을 쏟아 세고는 안으로 들어가 더니 돈을 가지고 나왔다. 그동안 나는 얼어붙은 듯 서 있을 뿐 이었다. 오늘은 너무 끔찍하다. 이렇게 나쁜 일을 연거푸 당하 다니. 저주를 받은 건지도 모른다. 옥란이가 철저히 무시당한 앙갚음으로 자기 엄마한테 벌을 주라고 한 건 아닐까.

"아, 참! 꽃병 산다고 했지?"

나는 그저 신발코만 내려다보고 있었다. 가게 주인이 잠시 지켜보다가 돈을 주었고, 나는 손이 부끄러워 죽을 지경이었 지만 그것을 받았다. 주인이 들어가고 가게 문이 닫혔다.

"그건 교회 돈이야. 넌 도둑질했고."

나도 내가 뭘 잘못했는지 안다. 그런데 그걸 또박또박 짚어 줄 것까지야. 태일이의 말은 내 가슴을 갈기갈기 찢어 놓기에 충분했다. 너무 슬프고 너무 화가 나서 비명이라도 지르고 싶 었다.

"넌 조연후 동생이잖아. 왜 그런 짓을 해?"

나도 모르게 태일이를 쏘아보았다. 아무 상관없는 오빠까지 들먹이니 억울함이 목까지 차올랐다. 이 문제와 조연후가 도대체 무슨 상관이라고.

"꽃병은 내가 안 깼어. 상급생들이 그랬단 말야. 오빠랑 그 남자애들. 내가 다 봤는데. 그런데, 그런데……."

내가 울먹거리자 놀랐는지 태일이가 한동안 잠자코 있었다. 나는 금방 후회했다. 그때 돌아본 애가 태일이였는지 확실치 않아서였다. 태일이 목소리는 다소 누그러졌으나 여전히 또렷했다.

"그래도 도둑질은 나빠. 도둑놈은 지옥 불에 떨어질걸."

여름성경학교에서도 그런 말을 들은 적이 있었다.

"넌 하느님 물건에 손댄 거야. 그러니까 돈은 교회에 갖다 놔야 돼."

"다는 아냐. 네 개는 진짜로 내가 주웠어."

"그것도 하느님께 드리는 게 좋을걸. 용서받으려면 죗값을 내야지."

"난 그렇게 나쁜 애 아니란 말야."

"뭐, 그렇겠지. 그러니까 싸게 용서받을 수 있을 거야."

"꽃병 사 가야 돼. 선생님이 그러랬어. 내 잘못도 아닌데, 군수님 오신다고, 으어엉……. 꽃까지 사 오라고, 으엉엉……."

분하고 억울하고 서럽고. 태일이가 빤히 보고 있는데도 울지 않을 수 없었다. 태일이가 또 잠자코 있더니 어깨를 으쓱하며 말했다.

"난 하느님 말씀을 전한 거야. 넌 착한 애가 되든지 더 나쁜 애가 되든지 맘대로 해. 대신, 잘못을 뉘우치고 진짜 착해지면 하느님이 너한테 기적을 일으킬지도 몰라."

"나는……."

기적보다 꽃병이 더 필요해, 하고 싶었지만 말하지 못했다. 태일이가 가는 바람에 말할 필요가 없기도 했다. 태일이가 돌아서더니 단단히 이르듯 다시 말했다.

"진짜야. 네가 진짜로 용서를 빌면, 하느님은 기적을 보여 주실 거야."

어둠 속으로 태일이가 사라졌다. 나는 잠시 잡화점과 태일이가 사라진 쪽을 번갈아 보았다.

눈물은 금방 말라 버렸다. 와락 추위가 느껴졌다. 어금니가 부딪히지 않도록 이를 꽉 물고 생각하고 또 생각했다. 꽃병을 살 수 있는 돈은 생겼다. 그러나 남의 돈이다. 훔친 거나 마찬가지인 돈. 꽃병을 사면 선생님한테 야단은 안 맞겠지만 태일이가 알고 있으니 내가 도둑질했다고 소문이 날지도 모른다. 하느님이 지옥 불에 떨어뜨리기 전에 동네 애들한테 톡톡히 창피당하고 말 것이다. 더구나 재순이가 안다면. 엄마가 알게 된다면…….

잡화점을 떠났다. 용서를 빌러 교회로 갈 생각은 없었다. 그저 도둑으로 몰았던 주인에게서 꽃병을 사고 싶지가 않았다.

다른 가게에 꽃병이 있는지 알아보고 적당한 게 있으면 꼭 사려고 했다. 그러나 없었다. 객사 2리 끝까지 가며 상점을 기웃거렸지만 꽃병을 파는 데가 없었다.

지치고 지쳐서 도착한 데가 교회였다. 절대로 용서를 빌러 온 것은 아니고 어쩌다 보니 발길이 여기까지 왔을 뿐이다. 아니다. 사실은 꽃병을 못 산다면 돈은 돌려주는 게 옳을 것 같아 집으로 갈 수가 없었다. 돈을 헌금함에 넣자 순식간에 피로가 몰려왔다. 선생님이 학교에서 쫓아낸다고 해도 상관없을 만큼 녹초가 돼 버렸다.

"전 나쁜 애 아니에요. 그것만 알아주세요. 병 네 개 값은 지옥 불에 떨어뜨리지 말라고 드리는 거니까 꼭 받으세요. 안녕히 계세요."

몸이 무섭게 떨렸다. 벌써 벌이라도 내려진 것처럼. 나는 죽어라 달렸다. 이 일이 소문나면 선생님한테 손바닥이 부르트도록 맞을지도 모른다. 학교를 그만둬야 할지도 모른다. 하지만 그건 다 내일 일이다. 지금은 엄마가 오기 전에 집으로 가야만 한다.

부엌에 불이 켜져 있었으나 엄마는 아직 돌아오지 않았다. 아궁이에 빈약한 막대기 몇 개가 타다가 꺼진 채였고 밥 냄새가 났다. 오빠가 저녁밥을 지은 것이다. 휑하니 시린 가슴에 스며드는 밥 냄새. 따뜻한 용서처럼 이제 괜찮다는 위로처럼 나를 받아 준 밥 냄새에 딱딱해진 몸이 한꺼번에 풀어지며 현기증이 일었다.

"온종일 어딜 쏘다녔냐?"

나는 책보도 못 풀고 쓰러지듯 문지방을 넘어갔다. 한숨이 포옥 나오고 눈물이 났다. 병직이 삼촌이 이젠 울지 말라고 했는데. 그 생각이 나자 참을 수 없게 눈물이 쏟아졌다.

"멍청하게 왜 자꾸 울어?"

오빠가 신경질을 부렸다. 그러고는 불쑥 병 하나를 내밀었다. 집으로 배달되는 우유병이었다. 철물점이나 미경이네 같은 집에서나 시켜 먹는 것이고 빈 병마저 우유 회사에서 걷어 가기 때문에 줍거나 할 수도 없는 거였다.

"꽃병 깼다며."

나는 말없이 우유병을 받았다. 이걸 구하자면 꽤 힘들었을 것이다. 오빠가 어떻게 알았는지 궁금했지만 묻지 않았다. 그보다 중요한 게 빈 병 때문에 벌어진 일이기 때문이다. 그것까지 오빠가 알아서는 안 된다.

또 한숨이 포옥 나왔다. 도와준 것은 고맙지만 우유병은 그냥 우유병이지 꽃병이 아니다. 게다가 꽃이 없으면 말짱 헛것이다. 그 말을 하려는데 아버지가 들어오셨다. 미군 부대 세탁실에서 허드렛일을 하게 된 아버지. 표정이 밝지 않았다.

불이 꺼지고 식구들의 숨소리가 방 안을 가득 메워도 나는 잠을 이루지 못했다. 노래기가 벽지 뒤에서 꼼지락거리는 소리가 신경을 내내 건드렸고 가끔 지나가는 트럭이 덜컹 소리를 낼 때마다 정신이 번쩍 들곤 했다.

아버지만 돌아오시면 모든 게 옛날처럼 좋아질 줄 알았는데 별로 달라진 게 없다. 고향 이야기조차 꺼내지 않는 아버지 때문에 되레 전보다 더 우울하고, 이모할머니 집을 차지하고 의기양양해진 재순이에게 영영 져 버린 것만 같아 괴롭다. 병직이 삼촌이 생각났고 옥란이 인형이 생각났다. 색종이를 주름 부채 모양으로 접어서 우유병을 감싸는 방법도 생각해 냈다. 그러나 꽃이 문제였다. 꽃이.

'하느님이 나한테 기적을 일으켜 줄 리 없어. 난 여름성경학교에도 과자 얻어먹으러 갔는걸. 부활절에도 달걀 때문에 갔어. 하느님이 다 아실 거야. 난 저주받은 애야. 그래도 지옥 불에는 안 떨어지겠지. 돈을 좀 냈으니까. 다음에 돈이 생기면 더 내야지. 병 네 개는 정말 값싸니까. 나한테도 기적이 일어났으면……'

머리가 깨질 듯 아팠다. 선잠을 잔 탓이었다. 밥맛도 없고 어지러워서 꼼짝도 하기 싫었다. 엄마는 벌써 장에 나갔고 아버지는 웬일인지 아침을 잡숫고 우물가에 가서 담배만 피우셨다.

오늘이 기어이 오고 말았다. 학교에 군수님이 오는 날. 꽃병을 가져가야 하는 날. 가슴에 먹구름이 끼는 기분이었다.

"나와 봐."

오빠가 책가방을 챙겨 들고 나가다 돌아와서는 뭉그적거리는 나를 끌고 나갔다. 그러더니 턱으로 꽃밭을 가리켰다.

"어서 꺾어."

"뭘? 저걸?"

"저건 꽃 아냐?"

"그렇지만 학교에 가져가는 건 가게에서 파는 건데."

"그게 법으로 정해졌대?"

"그래도 재순이가……."

"내가 있어 줄게."

나는 오빠를 보고 마루 쪽을 보았다. 재순이네가 오늘따라 마루에서 아침을 먹고 있었다. 이모할머니가 돌아오기라도 하는지 살림살이가 죄다 끄집어내어져 있고 일하러 가는 사람처럼 외숙모는 머릿수건까지 하고 있었다. 오빠가 그 앞으로 가더니 목소리를 조금 높여 말했다. 별일 아니라는 듯.

"외숙모! 연재가 꽃 당번인데 꽃 좀 가져가도 되죠?"

"이잉, 꽃이야 뭐."

'외숙모' 소리가 기특했는지 외숙모가 헤헤 웃었다.

"내 꽃인데 왜!"

재순이가 파르르했다. 그러나 그뿐이었다.

오빠가 마당 가운데 버티어 섰고 우물가에서 아버지도 보고 있었다. 나는 잠시 망설이다 부지런히 꽃을 꺾었다. 노란색 키다리꽃 두 송이, 달리아꽃 세 송이, 과꽃 세 송이를 꺾자 우유병이 다 가려질 만큼 큰 다발이 됐다. 거기에 어울리도록 키다리 꽃나무 줄기도 보태고 마지막으로 주홍빛으로 예쁘게 물든 꽈리도 두 줄기 꺾어서 보탰다.

"엄마! 왜 가만있어? 좀 말려!"

참다못한 재순이가 숟가락을 든 채 발을 동동 굴렀다.

"엄마! 언니! 저년 못하게 해! 뭐라고 좀 해!"

재순이만 식식거렸지 외숙모도 외사촌 언니도 어쩌지 못했다. 아마 재순이는 나중에라도 톡톡히 보복을 할 것이다. 나는 마음의 준비를 해두었다. 이제 당하지만은 않을 것이다. 그런 마음이 들도록 오빠가 힘을 주었다.

비록 우유병에 집에서 꺾은 꽃이지만 선생님 말씀을 어기지는 않았다. 다시 보니까 제법 훌륭하다. 게다가 꽈리도 있다. 꽈리 한 줄기는 빼 두기로 했다. 다음 장날에 그 여자애를 만나면 줄 것이다.

교실로 가다가 나는 눈이 휘둥그레졌다. 태일이가 복도 저 만치에서 오고 있었다. 꽃이 한 아름 든 꽃병을 들고서. 태일이도 나를 보고는 갸웃했다. 설마 나한테 주려고 꽃병을 가져오는 건 아니겠지. 그런데 왜 여기로 올까. 6학년 교실은 다른 건물인데. 더구나 저 딱딱한 표정은 뭐람.

"쳇! 넌 내 말을 안 믿었구나."

태일이가 심술궂게 다가오더니 꽃병을 떠안기듯 주었다. 그러고는 횡하니 가 버렸다. 가슴이 찌릿했다. 소담스러운 넝쿨 장미에서 산뜻한 향기가 훅 풍겼다. 나는 얼결에 꽃병을 받고는 눈만 깜빡였다.

"내가 무슨 말을 안 믿었다구!"

태일이가 말한 기적이라는 게 이것일까. 엉터리다. 이건 하느님의 기적이 아니라 태일이가 자기네 집에서 꺾어 온 넝쿨 장미일 뿐이다. 어쨌든 고마웠다. 꽃병도 진짜고 넝쿨장미에서는 좋은 향기도 났다. 장미 향기가 이런 줄 난생처음 알았다.

"조연재가 애를 많이 썼구나!"

선생님 칭찬을 듣고서야 나는 마음을 놓았다. 그러나 안타깝게도 군수님은 꽃을 보지 못했다. 우리 반에는 아예 들르지도 않았다. 아침조회 시간에 교장선생님 옆에서 전교생의 인사를 받고 공무원들과 떠났기 때문이다. 군수님이 떠날 때 전교생이 태일이가 치는 풍금 소리에 맞춰 새마을운동 노래를 불렀다. 나도 기분이 좋아 목청껏 노래 불러 주었다.

군수님을 다시 본 것은 길거리에서였다. 온통 불길에 휩싸인 거리. 학교에서 나오던 아이들은 모두 놀라서 우왕좌왕했다. 공부 시간에도 왠지 밖이 어수선하다는 느낌이 들었지만 길거리가 온통 불길이 된 줄은 몰랐다. 그것도 일부러 낸 불길. 거기에서 군수님이 확성기에 대고 뭐라고 떠들고 있었다. 정말이지 들리지도 않는 말을 떠들어 대고 있었는데 면장님과 공무원들은 이따금씩 박수까지 쳐 주었다.

나는 어안이 벙벙해서 불타는 거리를 바라보았다. 멀쩡하던 집들이 무너지고 있었다. 초가지붕이 파헤쳐져 길거리로 쏟아져 내렸고 이내 불길에 휩싸였다.

"왜 이러는데요? 왜 집을 부숴요?"

나는 몸이 달아서 아무한테나 물었다. 무너지고 있는 게 죄다 초가집들이었기 때문이다. 지붕을 뜯긴 집들은 곧 벽이 허물어졌다. 아침까지만 해도 집이었던 게 처참하게 무너지고 주저앉아 버린 것이다.

"지붕 개량한다고 안 하디. 조심해서 가라. 다칠라."

대답을 다 듣기도 전에 나는 달렸다. 제발 집이 무사하기를 간절히 바라며.

아버지가 생각났다. 집에 있을 동생들이 걱정되고 무서워서 속이 덜덜 떨렸다. 집이 무너지면 당장 어디서 살아야 할까. 환경 미화 때 써 붙인 표어, 칭찬받으려고 잘 그려 냈던 포스터가 생각났다.

마을 길 넓히기, 화투 없애기, 지게 없애기, 초가지붕 없애기.

'초가지붕 없애기. 그게 이거였어……'

단순히 벽에나 붙이는 표어 포스터가 아니었다. 길거리는 온통 치솟는 불길로 아수라장이었다. 집에 있던 지게들이 불속에 던져지고 화투들이 시커멓게 연기를 내뿜으며 타들어 갔다. 전쟁이라도 난 것 같은 그 모습을 군수님이 공무원들을 거느리고 돌아다니며 구경했다. 다방 레지들도, 미경이네서 나온 한복 차림의 아가씨들도, 불속에 화투를 한 움큼씩 던지고는 껌을 씹으며 구경했다.

미경이네 집까지 오다가 나는 우뚝 섰다. 무릎이 탁 꺾이는 것 같았다.

"집이 없어⋯⋯."

풀이 억세게 자랐던 지붕도 노래기가 줄줄 내려오던 흙벽도 깡그리 무너져 버렸다. 미경이네 집도 철물점도 그대로인데, 똘이네 집도 그대로인데, 그 사이에 있던 초가집만 부서져 버렸다. 외갓집을 좋아한 것도 아까워하는 것도 아니다. 비 오면 비를 피하고, 식구들의 물건을 들여놓고, 추운 밤에 다 같이 잠드는 집이 없어져 버린 게 무서울 뿐이다.

"언니이!"

연미가 달려와 매달렸다. 혼자서 떨었을 연미를 꼭 안아 주었다. 철물점 굴뚝에 기대앉았던 재순이가 나를 흘겨보았다. 울었는지 눈 가장자리가 얼룩덜룩했다. 재순이의 꽃밭은 더 이상 꽃밭이 아니었다. 그 자리에는 집 안에서 끄집어낸 살림살이가 위태롭게 쌓여 있었다.

재순이가 눈을 하얗게 치뜨고 다가왔다. 나는 주먹을 꽉 쥐었다.

"내가 말했지. 꽃밭은 절대 건드리지 말라고!"

재순이의 상기된 얼굴을 똑바로 보며 나도 눈을 부릅떴다. 뜨거운 불길이 치솟는 건 길거리만이 아니었다. 내 가슴속에도 걷잡을 수 없을 만큼 뜨거운 게 꿈틀거리고 있었다.

"내가 분명히 말했는데."

"너는, 이제 날 건드리지 마."

"이게 죽을라고."

"덤벼 봐. 너 하는 거, 나도 다 해!"

"어쭈, 이게······."

"그래! 어디 해보자고."

겁에 질린 연미를 떼 놓고 거침없이 다가갔다. 할퀴고 잡아 뜯어 버릴 테다. 속이 터져 버릴 것처럼 화가 치밀어 견딜 수가 없었다. 재순이 아니라 누구한테라도 분풀이를 하고 싶었다. 그런데 놀랍게도 재순이가 물러났다. 양숙이도 똘이도 옆에 없기는 했다. 하지만 재순이가 개들이 없다고 기가 죽을 애는 아니었다. 재순이도 나처럼 얼이 빠진 게 분명했다. 이모할머니한테서 집을 물려받았다고 믿었는데 그것이 허물어져 버렸으니 당연하다. 아끼던 꽃밭도 깡그리 뭉개졌고.

재순이가 다시 굴뚝에 기대 주저앉았다. 나는 연미의 손을 잡고서 군수님과 면장님이 이야기 나누며 멀어지는 걸 지켜보았다. 검붉게 치솟는 불길 때문에 더 이상 보이지 않을 때까지.

오빠는 새마을운동 웅변대회에서 "새마을운동이야말로 어린이의 희망찬 미래라고 이 연사 힘차게 외칩니다!" 하고서 당당히 군수님 상을 받았다. 나는 지붕을 개량해 준다는 말에 면장님을 좋은 사람이라고 믿었다. 그런데 이건 이상하다. 뭔가 잘못되었다. 이렇게 무시무시하게 집을 무너뜨리고 불태우다니. 세간을 길거리에 쌓아 놓을 수밖에 없는 건 당장 들어갈 집이 없기 때문인데. 군수님 상 같은 건 자랑스러워할 게 아니었다. 집 잃은 애들에게는 희망찬 미래보다 당장 가족과 세간이 들어갈 수 있는 집이 더 필요하다.

어제 꽃병을 마련하느라 그토록 고생했는데. 군수님이 집을 부수려고 오는 줄 알았으면 절대 그러지 않았을 텐데. 학교에서 쫓겨날망정.

6. 껏다리 집

목수인 외삼촌이 철물점 처마에 잇대어서 판잣집 하나, 똘이네 처마에 잇대어서도 판잣집 하나를 뚝딱뚝딱 만들었다. 반나절 만이었다.

"집이 껏다리네."

똘이네 처마 쪽 판잣집을 보고 연미가 중얼거렸다. 정말 그랬다. 도랑 때문에 각목을 여기저기 받쳐서 바닥을 만들어야 했고, 그래서 나무 계단을 몇 개 올라야 들어가는 집은 키만 껑충하니 커서 공중에 뜬 것처럼 보였다.

순 엉터리. 나는 더 이상 어른들을 믿지 않기로 했다. 군수도 면장도 큰소리만 쳤지 우리에게 멀쩡한 집을 주지 않았다. 초가집들을 함부로 무너뜨릴 때 이미 내 기대도 어그러진 셈이었다. 그들은 다시 이 거리에 나타나지 않았다. 우리를 고향으로 데려가지 못하는 아버지한테도 뭘 기대할 수 없다는 걸 나는 알아 버렸다. 아버지도 그저 낡아 빠진 차림에 핏기 없는 우리 가족 중 하나일 뿐이었다.

외삼촌이 반나절 만에 만든 격다리 집. 그건 집이라고 하기에는 너무 우스꽝스러웠다. 그런데도 거기에 우리의 세간을 들여야만 했다. 초가지붕이 아무리 노래기 천지에 쓰러질 것 같아도 함부로 무너뜨리면 안 되는 거였다. 군수 아니라 누구라도. 우리에게는 집이 그것밖에 없었으니까.

다른 집들은 차근차근 시멘트 벽돌로 지어지기 시작했다. 지붕에는 파란색이나 빨간색 슬레이트를 얹었다. 표어처럼 신작로에서 초가지붕이 사라지게 된 것이다. 그러나 썩은 지붕에 풀이 억세게 자라던 초가집 자리는 이가 빠진 듯 휑하니 비었다.

나는 남의 기와집 처마에 애걸하듯 매달린 판잣집을 볼 때마다 가슴이 아팠다. 색이 다른 판자를 이리저리 이어 붙인 누더기 같은 집이 불쌍하고 그 속에서 밥 먹고 자는 식구들이 불쌍하고 판잣집 밑에서 먼지바람을 고스란히 뒤집어쓰고 있는 살림들이 불쌍하고 점점 더 초라해지는 나 자신이 한없이 불쌍했다.

외삼촌은 목수다. 그런데 언제나 남의 집만 지으러 다녔다. 솜씨가 아무리 좋아도, 당장 식구들이 살 집이 없어도, 외삼촌은 번듯한 집을 지을 수 없었다. 돈도 없지만 그보다 자격이 없기 때문이라고 했다. 서류상으로 집주인이 병직이 삼촌이었던 것이다. 이모할머니가 충격으로 쓰러진 것도 바로 그 때문이었다. 이모할머니는 결국 병원에서 돌아가셨다고 한다.

병직이 삼촌이 돌아와야 번듯한 집을 지을 테지만 그는 돌아오지 않을 것이다. 나는 그렇게 생각했다. 그는 떠나 버리든지 죽어 버리든지 하겠다고 혼잣말하곤 했었다. 죽지 않으려고 떠난 것이다. 나는 병직이 삼촌을 미워하지 않는다. 그는 이 동네에서 나에게 친절했던 유일한 사람이었다. 하지만 병직이 삼촌 때문에 이렇게밖에 못 지낸다고 생각하면 화가 났다. 자꾸만 화가 나면 결국 미워하는 마음까지 생길까 봐 사전을 방 구석의 책 더미에 올려 두었다. 그리고 더는 보지 않기로 마음먹었다. 대신 다른 취미를 찾아냈다.

"언니, 우리한테도 인형 있어?"

연미가 숨을 색색 몰아쉬며 물었다. 내가 인형 옷 만든다는 걸 알았는지 표정이 밝다. 보드라운 천을 연미가 다 쓰다듬을 때까지 나는 바느질을 잠시 멈추었다.

꺽다리 집에 들어오면서부터 연미는 얼굴이 더 노래지고 배가 불룩해졌다. 약을 지어다 먹여도 나아지는 것 같지가 않다. 엄마가 중얼거린 소리가 생각날 때마다 나는 가슴이 아팠다. 저놈의 배가 안 꺼지면 명이 다한다는데.

명이 다하는 거. 그게 죽는다는 말인 줄 안 것은 며칠 안 된다. 외숙모가 딴엔 걱정한답시고 바람 새는 소리로 떠들었던 것이다. 연미를 앞에 두고. 오줌보가 펑 터져야 산다니 배 속에 드러운 오줌이 꽉 찬 겨.

"우리도 인형 있으면 좋겠다."

"만들면 되지."

무심코 중얼거리다 바늘에 찔리고 말았다. 바느질이 너무 어렵다. 비로드 천이라서 더욱 그랬다. 몇 번을 다시 해도 실밥이 튀어나오고 삐뚤삐뚤한 데다가 털실처럼 천 끄트머리가 풀려 버리기까지 했다. 엄마가 아끼는 천 같아서 더 잘라 낼 수도 없는데.

껑다리 집은 임시로 머무는 곳이고 워낙 좁아서 액자나 찬장 같은 것들은 집 밑에 두고 이부자리와 옷가지만 들여올 수 있었다. 이 비로드 천은 엄마 옷가지와 함께 보자기에 싸여 있었다. 촉감이 어찌나 좋은지 천을 만져 보는 순간 딱 인형 옷을 만들고 싶었다. 그래서 귀퉁이를 조금 잘라 냈다. 인형 같은 건 없다. 옥란이의 인형에 입혀 보는 상상을 하며 만들 뿐이다.

"엄마아……."

잠에서 깬 막내가 칭얼거려 얼른 바느질거리를 치웠다. 막내는 판잣집으로 온 뒤부터 내내 감기로 아프다. 엄마가 장마당으로 가면서 막내가 깨면 젖을 먹이러 오라고 했다. 막내를 업고 책상 뒤에서 상자를 꺼내 가지고 나왔다.

상자에는 꽈리 한 줄기가 들어 있다. 이제는 상자에 넣지 않으면 바스러질 정도로 말라 버렸지만 그래도 꼭 그 여자애한 테 주고 싶었다. 그냥 그러고 싶었다. 그때 복숭아를 먹은 건 아니지만 나 때문에 할머니한테 목이 빨개지도록 맞은 게 미 안해서였다. 그동안 여자애를 통 만나지 못했다. 장마당에 오 일장이 섰어도 내가 못 가거나 여자애가 없거나 해서였다.

재순이가 빠진 채로 여자애들이 집 앞에서 고무줄놀이를 하 고 있었다. 재순이는 장마당을 쏘다닐 게 뻔하다. 집이 허물어 지고 새 집이 지어지지 않자 꺽다리 집 공터는 동네 애들의 놀 이터가 돼 버렸다. 쌓아 둔 시멘트 벽돌에 기대 있던 옥란이와 눈이 마주쳤다. 그러나 못 본 척했다.

옥란이가 아직도 "반달우물에서 같이 놀래?" 하거나 "너한 테만 줄 게 있어" 하고 말할 것만 같았다. 지금도 그저 구경만 할 뿐 고무줄놀이에 끼지 못했으니까. 재순이가 없는데도 말 이다. 하지만 그렇게 말한다 해도 걔랑 어울리고 싶지는 않았 다. 밉거나 앙갚음하려는 게 아니라, 옥란이가 나를 불쌍한 애 로 여겨서 같이 놀아 주는 것처럼 되는 게 싫었다.

지나치면서 보니까 옥란이 주머니에 아직도 인형이 들어 있 었다. 꼬질꼬질 더러워진 벌거숭이 인형. 조금 전까지 만들던 인형 옷이 생각났다.

'다 만들면 줄게. 그때 같이 놀아.'

마음으로 말하며 옥란이 곁을 지났다. 옥란이가 내내 바라 보는 걸 알았지만 돌아보지 않았다.

미군 차가 줄지어 신작로를 지나가자 고무줄놀이 하던 애들이 다투어 달려가며 "기브 미 쪼꼬레!"를 외쳤다. 검은 색안경을 쓰고 지프에 앉아 있던 미군이 웃으며 초콜릿 한 주먹을 던졌다. 그중 하나가 내 발치에 떨어졌다. 죽어라 달려도 손에 넣기 어렵던 게 너무 쉽게 얻어지니 얼떨떨했지만 난생처음 가져 보는 거라서 요리조리 잘 살펴보았다. 달콤한 냄새도 좋고 포장도 잘돼 있었다. 엄마는 왜 이런 걸 추접스럽다고 할까. 먹어 보니 맛도 좋았다. 야금야금 없어지는 게 아까울 만큼. 다 먹고 나니까 후회가 됐다. 소풍 때까지 아껴 둘걸.

다른 때보다 장이 시끌벅적했다. 추석이 머지않아서였다. 추석 뒤에 운동회와 소풍까지 있어서 내 눈에는 새 옷과 예쁜 운동화들이 유난히 눈에 쏙쏙 들어왔다. 추석빔으로 새 옷은 어림없더라도 엄마가 분홍색 운동화는 사 주었으면 싶었다. 어렸을 때 고향에서는 꽃고무신을 신었는데 여기서는 내내 검정고무신만 신고 있다. 고무줄놀이 할 때도 운동화를 신고 뛰노는 양숙이와 미경이가 얼마나 부러운지 모른다. 새 운동화가 생기면 절대로 그 애들처럼 신발 바닥이 함부로 닳게 뛰놀지 않을 텐데.

"애기 열나면 안 돼. 곧장 집으로 가란 말이다."

엄마가 젖 먹인 막내를 단단히 싸서 업혀 주었다. 그건 나도 잘 안다. 이제는 낮에도 싸늘할 만큼 계절이 달라졌다. 집은 더 춥다. 껑다리 집에는 늘 찬바람이 고여 있다. 서늘한 거인이라도 웅크리고 있는 것처럼 낮이고 밤이고 따뜻한 적이 없어서 도무지 집 같지가 않다. 밤에만 특별히 비싼 연탄을 피우는데 도 열이 판자 사이로 빠져나가는지, 가족이 꼭꼭 붙어서 온기 를 나누며 잠을 청해야 할 지경이다.

장마당을 벗어나며 찬찬히 둘러보았는데 여자애가 보이지 않았다. 엄마한테 갈 때도 살펴봤었다. 그 애 할머니도 안 보이 는 걸 봐서는 이쪽에 없는 것 같았다. 막걸릿집이 있는 반대쪽 으로 가 보았다. 거기에서도 여자애는 볼 수 없었다.

연재야아. 가래 끓는 소리에 무심코 돌아보았다가 나는 굳 은 듯 서 버렸다. 영길이 아저씨였다. 양조장 담벼락에 간신히 기대앉아 있는데, 취한 거야 늘 그랬으니 놀랄 게 아닌데 얼굴 이며 목이 멍든 것처럼 거무튀튀하고 배가 불룩한 게 영 이상 했다. 꼭 임신한 여자처럼 배가 부른 것이다. 아니, 손이며 얼 굴도 띵띵 부어서 금방이라도 툭 터질 것 같아 그냥 보기에도 무서웠다. 죽을 것 같아. 나도 모르게 중얼거리다 입을 막았다. 연미 생각이 나서였다.

고개를 저으며 뒤도 안 돌아보고 걸었다. 영길이 아저씨가 불쌍하다. 이모할머니랑 살 때는 만날 술만 마시는 사람이라 싫었는데. 양숙이 아버지가 영길이 아저씨는 알코올중독자라 병원으로 끌려갔다고 했다. 그런데도 저 모양인 걸 보면 병을 못 고쳤나 보다. 어쩌면 이모할머니가 보고 싶어서 도망쳐 나 왔는지도 모르겠다. 남들처럼 일도 못하고 장가도 못 가고 저렇게 아픈데 이모할머니가 죽었으니, 영길이 아저씨는 참 안된 사람이다.

눈이 번쩍했다. 저만치 손수레를 끌고 가는 여자애. 벌써 장사를 마쳤는지 손수레에는 그 애 할머니가 타고 있었다.

"얘, 잠깐만!"

부리나케 따라가며 불렀으나 여자애는 돌아보지 않았다. 할머니만 내 목소리를 듣고 뚱하니 바라보았을 뿐이다. 그러나 할머니는 여자애한테 잠깐 서 보라고 하지 않았다. 상관없는 소리를 귓등으로 흘려들은 사람처럼 눈을 감고는 손수레가 흔들리는 대로 몸을 맡긴 채였다. 막내가 무겁기도 하고 할머니가 무섭기도 해서 나는 걸음을 멈추었다. 그렇게 여자애는 작은 몸으로 힘겹게 손수레를 끌고 사라져 갔다.

바삭하니 마른 꽈리는 결국 연미가 소꿉놀이로 갖고 노는 바람에 다 부서져 버렸다. 연미 머리를 쥐어박았다가 나만 된통 야단맞았다. 언니가 때렸다며 징징거리기만 했으면 내가 엄마한테 잔소리나 좀 듣고 말았을 것이다. 그런데 연미가 인형 옷까지 들고 있었다. 그걸 보고 엄마가 노발대발했다.

"감히 이걸 가위질해? 한복 해 입을 건데!"

매운 손바닥이 등짝을 후려쳤다.

"조금밖에 안 잘랐는데."

"아이구, 겨우 한 벌 감인데 이렇게 잘라 냈으니 틀려먹었네! 이 방정맞은 손모가지로 도대체 뭘 할 거냐!"

매운 손바닥이 연거푸 등짝에 떨어졌다. 그렇게 때리고도 분이 안 풀렸는지 엄마는 기어이 나를 쫓아내기까지 했다. 고작 옷감 때문에 엄마가 나를 그토록 사정없이 때리고 구박한 게 분했다. 아버지 오실 때쯤 불리어 들어가기는 했지만 잘못했다는 말은 끝내 하지 않았다. 엄마가 인형 옷을 저녁밥 짓는 아궁이 속에 처넣었기 때문이다. 게다가 엄마가 오늘 사 온 새 신발은 검정고무신이었다.

검정고무신이 싫어도 엄마한테 화가 났대도 새 신발은 신어야 했다. 신던 게 구멍 났으니. 비까지 내리고 있어 검정고무신이나마 새 신발이 생긴 건 정말 다행이었다. 비가 쏟아져서 운동회 연습도 그만두었다. 수업 시간 내내 나는 운동장에서 눈을 떼지 못했다. 비가 너무 세차게 쏟아지고 있는 것이다. 운동장에 흙탕물이 흥건할 만큼.

"뭔 때마다 이렇게 비 오는 건, 학교 지을 때 이무기를 죽여서 그렇대. 용이 되려고 천 년이나 묵었는데 억울하게 죽었으니 분풀이를 하는 거지."

"아냐. 여기가 전에 공동묘지라서 그렇대. 묘지를 함부로 건드려 놓고 살풀이를 안 해줘서 두고두고 액땜을 해야 된대."

"그거 다 뻥이야! 태풍 때문이야. 큰비가 올 거래."

애들이 이러쿵저러쿵 떠들어 댔다. 나는 가슴이 타들어 갔다. 비가 너무 많이 쏟아진다. 시간이 지날수록 점점 더.

'집이 떠내려가면 어떡하지……'

물받이 통에서 콸콸 쏟아진 물 때문에 화단에 골이 생기고, 나뭇가지가 부러질 정도로 바람도 거셌다. 먼 데 어디쯤 벼락이 떨어졌는지 세상이 갈라지는 듯한 소리도 났고 천둥에 놀란 선생님이 "다들 우산 가지고 왔지?" 하고 묻기까지 했다. 나는 우산 같은 건 아무래도 좋았다. 집이 무사하기만 바랐다. 엄마가 집에 와 있기를, 아버지가 무사히 돌아오기를, 동생들이 울고 있지 않기를 바랄 뿐이었다.

영영 끝나지 않을 것 같던 공부 시간이 끝났다. 나는 교실을 나오면서 재빨리 옷 속에 책보를 동여맸다. 그리고 책이 젖지 않도록 양팔로 꼭 안은 채 빗속을 달리기 시작했다. 몇 걸음 가지도 못해 쫄딱 젖었고 추워서 온몸이 와들와들 떨렸다.

'집이 무너지면 안 돼…….'

가슴이 먹먹해서 숨이 잘 쉬어지지 않았다. 길거리도 온통 물바다에 간혹 지나가는 차들이 고인 물을 튕겨 대서 내 꼴이 말이 아니었다. 그래도 달리고 또 달렸다. 미경이네쯤 오자 똘이네 처마에 위태롭게 기대어진 판잣집이 보였다. 지붕을 덮은 천막이 세찬 바람에 뜯겨 나갈 듯 펄럭이기는 해도, 무너지지도 않았고 떠내려가지도 않았다.

'아, 다행이야!'

비로소 안도의 한숨이 새어 나왔다. 그러나 집 앞에 와서는 발이 굳어 버렸다. 판잣집 밑에 차곡차곡 쌓아 두었던 엄마의 액자들. 엄마의 물건들이 흙탕물에 쓸려 도랑까지 밀려나 있었다. 엄마가 시집올 때 가져왔다는 수예품들. 비록 먼지가 쌓였을망정 액자의 유리 밑에서 잘 견디고 있던 꽃들이 온통 흙탕물을 뒤집어쓴 것이다. 엄마도 전에는 상냥하고 고운 사람이었다는 증거가 처참하게 부서지고 더러워져 버렸다. 고향에 돌아가면 안방에 다시 걸어야 할 것들, 언젠가는 돌아갈 수 있다는 믿음이 송두리째 깨져 버렸음을 내 눈으로 확인한 거였다.

"안 들어오고 뭐 하나?"

문을 열고서 엄마가 소리쳤다. 그 소리가 빗소리에 묻혀 아득하기만 했다. 엄마가 와 있어서 참말 다행이다.

"엄마 액자 어떡해?"

울음을 터뜨리는 나를 엄마가 잠시 보더니 벼락같이 채근했다.

"지지배가 별걸 다 가지고 울어! 당장 못 들어와!"

나는 더 울지 못했다. 너무 춥고 떨려서 안으로 당장 들어갔고, 나는 옷이 홀딱 벗겨진 채 엄마한테 욕을 먹으며 몸을 녹였다. 엄마가 나를 담요에 싸서 끌어안고 문지르며 끝없이 잔소리를 해댔다. 나중에 팔자 세면 어쩌려고 자꾸만 울어, 쪼끄만게 웬 걱정이 이렇게 많아, 재순이 우산이라도 같이 쓰고 올 것이지, 성질이 까탈 맞으니 살도 안 붙어, 지 애비 닮은 년.

어디, 네 은행을 보여 줘 봐.

여자의 말에 나는 양손을 펴 보였다.

물들여야겠구나. 색이 없으면 아무짝에도 못 써.

뽀얀 은행 몇 개를 눈으로만 보고 여자가 말했다. 내가 보기에도 뽀얗기만 한 은행은 밋밋하고 눈에 쏙 들어오지 않았다.

난 물들일 줄 몰라요. 언니 걸 줘요. 색을 더 입혀서 준다고 했잖아요.

넌 너무 늦게 왔어.

나는 울먹이며 손을 벌렸다. 그러나 여자는 토끼를 쓰다듬으며 나를 하염없이 바라보기만 했다. 그 얼굴이 병직이 삼촌 같기도 하고 옥란이 같기도 했다.

많이 안 늦었어요. 여기 왔잖아요.

갑자기 볼이 따끔거렸다.

"얘가 왜 자면서도 울어……."

엄마 목소리. 잠이 깬 것도 같고 꿈속인 것도 같은 상태에서 나는 생각했다. 꺽다리 집은 너무 추워. 추워서 뼈가 아파.

"하루 밤낮을 잠만 잤다. 일요일이었기 망정이지, 원."

입이 쓰고 머리가 너무 무거워서 그냥 누워 있고만 싶었는데 엄마가 기어이 일으켰다. 거짓말처럼 비가 그치고 햇살이 눈부셨다. 날카로운 햇살이 바늘처럼 눈에 꽂히는 것 같아서 나는 내내 찡그리고 걸었다. 도로가 움푹움푹 파이고 길가 나무들이 더러 부러지기는 했지만, 학교 가는 애들도 지나가는 차들도 그대로였다.

"그래서 이제 반달우물 메울 거래."

"으엉, 그덜 거래."

"걔 귀신 되면 어떡하지?"

재순이 패거리가 주고받는 말을 무심코 듣다가 나는 고개를 갸웃했다. 누가 귀신이 된다는 걸까. 반달우물은 왜 메운다는 건지. 재순이 패거리의 뒤를 바싹 따라가며 엿들었다.

"물이 확 뒤집힌 건 처음이래. 지금도 흙탕물만 꾸역꾸역 솟는대!"

"부정 탄 거지! 이젠 아무도 거기 가면 안 돼."

"그덤 정말 온난이가 빠져서 글케 됐대?"

똘이와 재순이의 말도 심상치 않았지만 양숙이의 말이 더 신경 쓰였다. 나도 모르게 양숙이를 붙잡아 세웠다.

"옥란이가 어디 빠졌는데?"

양숙이가 어물거리자 똘이가 냉큼 나섰다.

"넌 여태 그것도 몰랐니?"

"옥란이가 빠져 죽었대. 어제 반달우물에."

"왜?"

너무 놀라서 재차 물었으나 재순이는 애들 목에다 팔을 척 걸치고는 그냥 가 버렸다. 믿기 어려운 소리였다. 꾸며 낸 얘기가 아닐까. 그렇지 않고서야 누가 죽었다는 말을 어떻게 저렇게 아무렇지도 않게 할 수 있을까. 마치 수다 떨듯이. 하지만 다른 일도 아니고 누가 죽었다는 말을 설마 꾸며 낼까.

거짓말 같은 이야기가 사실인 모양이었다. 선생님이 수업 시작하기 전에 옥란이를 위해 잠시 경건하게 고개를 숙이자고 했다. 애들이 물어봐도 그저 '불의의 사고'를 당했다고만 했다. 나는 온종일 비어 있는 옥란이 자리를 물끄러미 바라보곤 했다. 어쩐지 자꾸만 미안했다. 인형 옷이 다 만들어지면 같이 놀려고 했는데. 인형 옷은 불 속에 던져졌고, 옥란이는, 옥란이는⋯⋯.

7. 지각생의 소풍

며칠 지나자 아무도 옥란이 이야기를 입에 올리지 않았다. 그래서 나는 뭐가 진짜인지 끝내 알지 못했다. 누구는 옥란이가 반달우물에 빠져서 죽었다고 했고, 누구는 몹쓸 병에 걸려서 어디론가 보내졌다고 했다. 뭐가 사실이든 내게는 마찬가지였다. 몹쓸 병이란 결국 나을 수 없다는 뜻이니까.

어쨌든 옥란이는 동네에서도 교실에서도 사라졌다. 무리 지어 노는 애들을 하염없이 바라보던 모습이 없어진 것처럼 교실에서 책상과 걸상도 치워졌다. 옥란이 짝은 운동회 때 다른 애와 꼭두각시춤을 추었다.

아무도 슬퍼하지 않았다. 죽은 사람을 위해 모여서 슬퍼하고 무덤 만드는 그 흔한 일도 없었다. 애가 죽으면 부모 가슴에 묻는 거지 무덤을 만들지 않는다고 어떤 애가 말했다. 자기 엄마한테 들었다면서 말이다. 정말 그런 것인지 옥란이 엄마는 전과 다름없이 한복을 차려입고 굿하러 다녔고, 그애 아버지도 여전히 북을 지고 따라다녔다.

반달우물이 메워졌다. 미군 쓰레기에서 흘러나온 폐수가 논바닥을 썩게 만들고 물길까지 오염시켰다고 어른들이 혀를 찼다. 옥란이가 거기 빠져서 죽었다는 말 같은 건 하지 않았다. 그저 우물 벽을 깡깡 부수어 안을 메우는 바람에 마당에서도 건너다보이던 논 가운데 반달우물은 이제 보이지 않게 됐다.

나도 옥란이 때문에 울지 않았다. 옥란이가 "너한테만 줄 게 있어" 하고 말했던 게 생각나면 몸이 부르르 떨리기만 했다. 그게 뭐였는지 궁금하지도 않았다. 차라리 그런 말을 못 들었더라면 좋았을 거라는 생각이 들었다. 내가 두려운 건 여자애들이 옥란이라는 애가 있었다는 걸 깡그리 잊어먹은 것처럼 구는 것이었다. 다음 차례로 내가 꼭 그렇게 될 것만 같아서 두려웠다.

옥란이는 영길이 아저씨처럼 슬프고 안된 애였다. 둘은 똑같이 외톨이였고 여기서 아무것도 되지 못했다. 그저 아프고 하찮은 사람이었다가 아무도 그리워하지 않는 사람으로 잊히고 말았을 뿐. 두 사람도 병직이 삼촌처럼 진작 여기를 떠났더라면 좋았을걸. 죽어 버리지 않으려고 떠난 병직이 삼촌처럼. 나는 무엇이 그들을 죽게 했는지 모른다. 객사 2리에서 들개

같은 건 아직도 본 적이 없다. 어쩌면 기가 막히게 잘 숨어 다니는 놈인지 모른다. 잡아먹든지 잡아먹히든지. 나는 끔찍할 게 분명한 그놈을 잡아먹을 자신이 없다. 하지만 잡아먹히지도 않을 것이다. 그러자면 혼자가 아니어야 했다.

나는 술래잡기든 고무줄놀이든 뭐든 같이 해야겠다고 다짐했다. 오빠 연후가 동네 남자애들과 싸우고 같이 놀면서 친구가 된 것처럼 나도 뭔가 해야만 했다. 그렇게 마음먹었건만 상황이 나아지기는커녕 여전히 나한테 불리하기만 했다.

"엄마 때문이야……."

분해서 이를 앙다물었다. 막내의 엉덩이를 확 꼬집어서 기어이 울리고 말았다. 엄마는 삶은 달걀에 사이다까지 챙겨 주면서 오빠만 소풍을 가게 했다. 반장이니까 당연하다는 것이다. 나에게는 막내를 떠안기고 장마당으로 가 버렸다. 맏언니가 엄마를 돕는 게 당연하다고. 학교 다니는 동네 애들이 모두 소풍을 가는데 나만 남았다. 재순이가 혀를 날름하고 가던 게 생각나서 발을 동동 굴렀지만 소용없었다.

양숙이한테 물려받은 원피스와 운동화를 신고 날 듯이 집을 나서던 재순이가 부러워서 죽을 지경이었다. 당장이라도 장마당으로 엄마를 찾아가 막내를 떼어 놓고만 싶었다. 그리고 소리치고 싶었다. 도시락 같은 건 없어도 좋아. 엄마가 싸 준 도시락 같은 건 안 먹어도 된다고.

"엄마를 저주할 거야. 평생토록!"

조금만 더 크면 집을 나가고 말 것이다. 외갓집 큰언니처럼. 큰언니는 국민학교를 졸업하기도 전에 외숙모가 서울로 식모 살이를 보냈다고 한다. 얼마쯤 있으면 작은언니도 그렇게 식모살이를 갈 거라고 한다. 재순이는 언니들이 돈을 벌어서 이 제부터는 새 옷이며 새 구두만 신게 될 거라고 벌써부터 자랑이 늘어졌다.

"난 절대로 식구들한테 뭘 보내지 않을 거야. 연락도 안 할 거야. 엄마가 날 찾아와도 안 만나 줄 거고, 평생 후회하게 만들 거야!"

"옴망눈! 뭘 어쩐다고?"

나는 소스라치게 놀랐다. 삼촌이다. 막내 삼촌이 웃으며 눈 앞에 서 있었다. 한 번 헤어진 사람들은 다시는 못 만나는 줄 알았는데. 병직이 삼촌도 이모할머니도 영길이 아저씨도 아주 떠나 버린 것처럼. 그런데 맨 먼저 헤어졌던 삼촌이 찾아오다 니. 헛것이면 너무 아쉬울 것 같아 살그머니 다가가 소매를 만져 보았다. 만져진다. 정말이다.

눈물부터 핑 돌았다. 전에는 매달리기도 잘했는데 이제는 어쩐지 어색해서 나도 모르게 얼굴이 빨개졌다. 삼촌은 이제 머리도 길고 학생도 아니었다.

"왜 학교 안 가고?"

삼촌이 내 어깨를 꼭 잡고 얼굴을 들여다보았다. 웃고 있지

만 안타까워하는 기색이 역력했다. 그 바람에 나는 서러워서
고개를 숙였다.

"동생 봐야 돼서요."

"애 보라고 학교엘 안 보내?"

"아예 그런 건 아니고, 오늘은 소풍날이라……."

"더구나 소풍날……. 엄마는?"

"길 건너 장마당에요. 오늘 여기 장날이거든요."

삼촌이 가늘게 한숨을 쉬었다. 한심한 광경에 어이없어하는
표정이 아버지와 많이 닮았다고 나는 생각했다. 이렇게 사는
걸 처음 보는 삼촌도 이러는데 날마다 보는 아버지는 오죽할
까. 집에 온 뒤부터 아버지 얼굴은 그늘보다 더 어둡고 낯선 사
람보다 더 무뚝뚝하다. 까슬까슬한 얼굴을 거친 손으로 문지
르고 턱을 괸 채 생각에 잠겨 있으면 아버지는 참 슬퍼 보였다.

"이렇게 살고 있었구나. 곧 추워질 텐데……."

삼촌이 꺽다리 집을 열어 보고, 밑에 쌓아 둔 살림들, 시커
먼 아궁이까지 보았다. 나는 그러는 삼촌을 보기가 영 불편했
다. 삼촌이 드럼통을 잘라 솥을 걸어 둔 임시 아궁이를 들여다
볼 때는 창피해서 고개를 돌렸다. 삼촌이 초라한 살림살이를
속속들이 살펴보는 게 싫고 속상했다. 전에는 단 한 번도 느껴
보지 못한 감정이었다. 삼촌도 가족이었는데 이제는 아닌 것
같다.

"고생이 많구나."

"보잘것없는 삶이에요."

"무어? 보잘것없는 삶?"

삼촌이 웃음을 터뜨렸다. 마치 봉숭아 꽃씨가 터지듯 탁 터진 웃음에 나는 잠시 눈을 깜빡였다. 사전을 자꾸만 봐서 말하는 게 가끔 이상해지는데 이번에도 좀 그랬던가 보다.

"우리 옴망눈, 그새 참 많이 컸구나!"

삼촌이 머리를 쓰다듬어 주었다. 그리고 등에 업힌 막내를 안아 갔다.

"윤석을 내가 처음 보네."

막내도 삼촌을 처음 보는 거였다. 여기 와서 태어났기 때문이다. 낯설어하는 막내를 어르면서 삼촌이 지폐 두 장을 꺼내 주었다. 어른들이나 쓰는 큰돈 백오십 원이었다.

"너도 얼른 소풍 가라. 이걸로 뭘 좀 사 먹고."

"에, 소풍요?"

나는 손을 뒤로 감추며 물러났다. 정말로 생각지도 못한 말이었다. 큰돈을 주는 것도 놀랍지만 소풍을 가라는 말이 더 놀라웠다. 하지만 어림없는 소리다. 막내를 어쩌고 소풍을 갈까. 삼촌은 이제 손님인데 손님을 두고 어디를 간단 말인가.

"엄마가 길 건너 장에 계시다며. 삼촌이 막내 데리고 찾아갈게. 넌 걱정 말고 다녀와."

"엄마가 알면······."

"삼촌이 잘 말할게."

118

삼촌이 내 손에 돈을 쥐여 주고 신작로를 건너갔다. 이를 앙 다무는 엄마 얼굴이 떠올랐다. 나를 대하는 엄마 얼굴은 늘 그 랬다. 객사리로 온 뒤부터는. 동생들 잘 지켜. 연미가 함부로 뭐 먹지 못하게 잘 보고. 연미는 또래와 어딜 갔는지 보이지 않 고 막내는 삼촌이 데려갔다. 몸이 날아갈 듯 가볍다.

"나도 소풍 간다구. 더 늦으면 안 돼!"

이미 길에는 아이들이 없었다. 학교에 다니지 않는 애들조 차 보이지 않는 길을 나는 날듯이 달려갔다. 학교 앞 문방구도 문이 닫혀 있었다. 소풍 따라서 장사를 나간 것이다. 잠시도 쉬 지 않고 달려왔건만 운동장도 텅 비어 있었다. 운동회 때 그어 놓은 흰색 달리기 선만 흐릿하게 남아 있고, 미처 치우지 못한 풍선 조각들만 간간이 눈에 띄었다.

"내리로 간다고 했어!"

후문으로 가는 계단을 쉬지 않고 뛰어올랐다. 숨이 차서 가 슴이 너무나 아프고 다리가 마비되는 것 같았으나 머뭇거릴 수가 없었다. 내리까지 가 본 적은 없지만 곧장 후문을 빠져나 가 산을 끼고서 죽 달려갔다. 내리에서 학교 다니는 애들한테 들은 이야기가 있어서 길은 대충 알 것 같았다. 게다가 아이들 이 가면서 버린 과자 봉지, 하드 막대기 따위가 종종 눈에 띄어 안심이 됐다. 얼마쯤 뛰어가자 드디어 아이들 뒤를 따라가는 장사꾼들의 행렬이 보이기 시작했다.

"후우, 다행이야!"

비로소 달리기를 멈추었다. 그런데 소풍 행렬을 보고도 나는 4학년 4반을 선뜻 찾아가지 못하고 장사꾼 행렬에 묻혀 따라가기만 했다. 선생님은 벌써 출석을 불렀을 것이고 아이들한테는 같이 걸어가는 짝이 정해졌을 것이다. 게다가 나는 빈손이었다. 도시락도 사과 한 알도 없는 것이다.

어쩌다 보니 장사꾼들을 앞지르게 됐다. 내리에 있는 야산에 도착해서는 반 친구들 몇이 나를 알아보기도 했다. 그러나 걔들은 왜 거기 있느냐는 듯 잠시 궁금한 표정으로 돌아보았을 뿐, 말을 붙이거나 내가 지각했다고 선생님한테 말해 주지 않았다.

나는 그들 속에 낄 수 없음을 깨달았다. 걔들은 도시락을 싸 가지고 따라온 식구들과 함께였고, 학교에서 출발할 때부터 정해진 짝이 있는 애들이었다. 나는 어디에도 누구와도 어울릴 수 있는 처지가 못 되었다. 가슴이 더할 수 없이 헛헛했다. 옥란이처럼 영길이 아저씨처럼 되기 정말 싫은데.

장사꾼들 틈에 앉아서 반마다 모여 노래하고 게임하는 걸 바라보기만 했다. 재순이가 막대 사탕을 물고 있는 것도 보고, 미경이 엄마 대신 따라온 춘심이 언니가 껌을 짝짝 씹는 모습도 보았다. 다들 같이 있는데 나만 혼자였다. 반 애들을 줄 세우는 오빠. 형제인 오빠마저 남처럼 낯설고, 혹시라도 오빠가 나를 알아챌까 봐 조바심이 났다. 공연히 따라왔다는 생각이 백 번도 더 들었다. 그래도 주머니에 백오십 원이 있다. 아예 거지꼴은 아니어서 얼마나 다행인지.

'선생님이 내가 결석하지 않았다는 것만 아시면 돼.'

나는 여태 결석한 적이 없었다. 선생님은 우등상보다 개근상이 더 값진 거라고 누누이 말씀하셨다. 지각을 좀 했을 뿐 결석한 건 아니니까 어떻게든 선생님한테 얼굴을 보여야만 한다. 그러나 용기도 안 나고, 선생님이 반 애들 부모님과 인사하고 이야기를 나누느라 바빠서 가까이 갈 수도 없었다.

"넌 왜 여기에만 있니?"

이상하다는 듯 힐끔거리던 문방구 아줌마가 물었다. 나는 잠자코 풀만 쥐어뜯다가 아줌마가 펼쳐 놓은 물건들을 구경했다. 그중에서 눈에 쏙 들어오는 게 있었다. 36색 왕자표 크레파스.

"아줌마, 왕자파스 얼마예요?"

"백삼십 원. 크레파스 중에서 제일 좋은 거다."

"알아요. 그거 이층짜리지요?"

앞자리에 앉는 반장이 바로 저 크레파스를 쓴다. 반짝이는 금색과 은색이 다 들어 있는 고급이다. 걔가 그걸 펴 놓고 그림을 그릴 때마다 주눅이 들곤 했다. 그런데 그걸 살 만한 돈이 바로 내 주머니에 있는 것이다.

"너무 비싸다!"

백삼십 원. 그거 하나 사는 데 돈을 거의 다 쓰자니 너무 허탈했다. 나머지 이십 원으로는 빵 하나와 알사탕 한 봉지를 살 수가 있다. 사탕 두 개가 들었으니 연경이랑 연미에게 줄 수 있을 것이다. 예쁜 옷이며 구두, 핸드백까지 그려진 종이인형 놀이도 마음에 들었다. 빵이랑 그걸 사도 돈이 꼭 맞는다. 하지만 역시 동전 한 푼 남지 않는다는 게 아쉬웠다.

"헤이!"

누가 소리쳐서 무심코 돌아보니 태일이가 웃고 있었다.

"너, 그림 그릴 거 안 가져왔구나?"

태일이는 선물처럼 보이는 학용품을 잔뜩 들고 있었다. 선생님 심부름이라도 하는 모양이었다. 나는 시선을 피하며 쭈뼛쭈뼛 일어났다. 지각해서 반에 못 가고 있다는 걸 들키고 싶지 않았다.

"잘 그려. 뽑히면 상으로 이걸 받게 되니까."

태일이가 학용품들을 턱으로 가리켰다.

"뭘 그려?"

"친구, 가족, 풍경, 뭐든지 마음대로."

오늘 그림을 그려야 하는 줄은 몰랐다. 그걸 물었던 건데 태일이는 잘못 알아듣고 엉뚱한 대답을 했다. 그 덕분에 생각이 났다. 사생대회도 있으니 원하는 사람은 참가하라고 선생님이 어제 말했던 것 같다. 몽당 크레파스밖에 없는 처지라 그 말을 귓등으로 흘려들었던 거다.

태일이가 선생님들 자리로 가서 학용품 더미를 내려놓았다. 그러더니 다시 나를 돌아보았다. 속이 뜨끔해서 다시 담임을

122

보았으나 아직도 학부모와 이야기 중이었다. 태일이가 뛰어오고 있었다. 마음이 조급해서 얼른 크레파스를 집어 들었다.

"아줌마, 저, 이거 주세요."

도시락도 없이 뒤늦게 소풍 따라왔다는 걸 태일이가 아는 게 싫었다. 빈 병 때문에 벌써 창피를 당했는데 이런 일 때문에 또 창피해질 수는 없었다. 그래서 아줌마한테 돈을 다 주고 크레파스와 십 원에 석 장인 도화지, 종이인형 한 판을 샀다. 동전 한 푼 남지 않고 순식간에 큰돈이 다 나가 버렸다. 점심으로 먹을 빵 하나 살 돈도 없이.

"이거 받아."

태일이가 사과를 내밀었다. 나는 거들떠보지도 않고 자리를 떴다. 돈을 다 써 버린 게 태일이 때문인 것 같아서 속이 쓰렸다.

"받아."

"싫어."

"먹으라니까."

"안 먹어."

"아이 씨, 미안해서 주는 거 아니야!"

나는 태일이를 빤히 보았다. 왜 그런 말을 했는지 몰라서였다. 아무튼 태일이한테 사과는 받기가 싫었다. 그래서 끝내 무시하고 반 애들 가까운 쪽으로 가서 앉았다. 애들은 떠들고 장난치고 먹느라 정신이 없었다. 나는 되도록이면 애들을 보지 않았다. 배가 너무 고파서였다. 그러나 참을 수 있었다. 아까는 주머니의 큰돈이 나를 지켜 주었고 지금은 소풍 준비물을 갖고 있다는 사실이 자존심을 지켜 주었다.

크레파스 뚜껑을 여는데 가슴이 두근거렸다. 처음 가져 보는 새것 냄새가 빈속으로 확 스며들었다. 배 속보다 가슴을 채워 주는 냄새. 골판지가 구김 하나 없이 깨끗하고 흰색부터 검은색 크레파스까지 하나하나 각진 그대로에 흠집이 하나도 없었다. 너무 반듯하고 가지런해서 단 하나라도 꺼내 쓰기가 아까웠다. 사기를 정말 잘했다. 새로 산 도화지도 어찌나 새하얀지 눈이 부실 지경이었다.

"뭘 그리지?"

도화지를 뚫어져라 보았다. 새 크레파스와 구김 없는 도화지에는 특별히 그림을 잘 그려야 될 것 같았다. 그러나 풍경화는 좀 어렵겠다. 왠지 떳떳하지 못한 기분이라 고개를 들고 주변을 살펴볼 자신이 없다. 가족도 그리고 싶지 않다. 혼자서만 소풍 온 오빠도 싫고, 동생이나 보라던 엄마도 싫고, 얼굴빛이 늘 어두운 아버지도 싫고, 만날 힘들게만 하는 동생들도 싫다. 친구도 없으니 그릴 수가 없다.

문득 여자애가 생각났다. 할머니가 탄 손수레를 힘겹게 끌고 가던 여자애의 뒷모습. 이야기를 나누거나 친구였던 적은 없지만 이제껏 그 애만큼 잘해 주고 싶은 애는 없었다.

"꽈리 대신이야."

124

크레파스가 부러지지 않도록 조심하며 여자애를 그리기 시
작했다. 앞모습이면 더 좋겠지만 그날 본 게 하필 뒷모습이라
어쩔 수 없었다. 시장 끄트머리 사람들의 모습과 나를 보던 할
머니, 여자애의 뒷모습을 그리다 보니 문득 보고 싶어졌다. 다
음에라도 만난다면 정말 반가울 텐데.

"이제부터 점심시간이다. 그림 그리고 싶은 사람은 점심시
간에 그려서 내면 돼. 아무거나 그려도 된다."

선생님이 큰 소리로 말씀하셨다. 이미 나는 그림을 다 그렸
다. 그림 뒤에다가 큼직하게 '내 친구'라고 썼다. 번호와 이름
을 쓰다가 깨달았다.

'선생님이 이걸 보면 아시겠구나! 내가 결석하지 않았다는
거!'

태일이한테 고마워졌다. 저번에 꽃병을 가져다준 것도 고맙
고, 안 받기는 했지만 오늘 사과를 주려고 했던 것도 고맙다.
어째서 미안해서 주는 게 아니라고 말했는지 모르겠지만.

"조연재가 일등이네. 부지런하구나!"

그림을 받으며 선생님이 놀라셨다. 표정을 보니 내가 뒤늦
게 온 줄도 모르는 것 같았다. 그런데 그때 하필 미경이가 나
섰다.

"너 여기 웬일이야? 애기 본다고 소풍 못 왔잖아?"

미경이가 나를 놀리려던 건 아니었던 것 같다. 그러나 그 말
은 가슴을 찢는 것처럼 아프게 들렸다. 아무 말도 못하고 돌아

서는데 선생님이 뭐라고 하는 듯했다. 머릿속에서 위잉 소리
만 났지 아무 소리도 들리지 않았다. 도망치듯 그 자리를 떠났
다. 이대로 영원히 어디론가 사라졌으면. 병직이 삼촌처럼 옥
란이처럼.

나는 또 혼자였다. 혼자서 먼 길을 되돌아왔다. 논밭 길이며
과수원을 지나고 산길을 지나고 후문을 지나 운동장까지. 그
네도 혼자서 탔다. 노래를 부르고 또 부르면서. 노래와 새 크레
파스가 있어서 참 다행이었다. 슬퍼도 참을 수 있다.

"이놈의 지지배, 소풍 가지 말라니까 기어이……."

엄마가 인상을 쓰며 야단하더니 말끝을 흐리고 스웨터를 툭
던져 주었다. 허리에 긴 끈이 끼워져 있는 거라 리본으로 묶을
수도 있고 가슴에 꽃 장식까지 붙은 스웨터였다. 목까지 부드
럽게 감싸 주는 분홍 스웨터.

"소풍도 다 끝났는데."

좋으면서도 겸연쩍어하는 나를 보고 엄마가 무뚝뚝하니 중
얼거렸다. 제멋대로 소풍 따라간 줄 알았으면 안 사줄 걸 괜히.

소풍에 지각하고 내내 혼자였지만 결과는 썩 괜찮은 날이었
다. 삼촌 덕분에 새 크레파스가 생기고 엄마가 새 옷을 사주었
고 동생들이랑 종이인형을 가지고 놀 수도 있게 되었으니. 게
다가 오빠까지 꾸러미를 내밀었다.

"네 그림이 뽑혔어. 그 상이야. 그 정도면 아주 큰 상이라
고."

어떻게 소풍에 따라왔는지 오빠는 묻지 않았다. 나도 꾸러미에 마음을 뺏겨 입이 함박 벌어졌다. 혼자서만 도시락 가지고 소풍 간 오빠랑은 평생 말도 안 하리라 결심했건만. 12가지 색 사인펜. 그게 모든 걸 용서하게 만들었다.

"그런데, 너한테 그런 친구가 있어?"

"응. 있어, 그런 애."

사인펜을 가슴에 꼭 안고 끄덕였다. 뭐든 끝까지 해봐야 하는 거구나. 사는 게 오늘만 같으면 참 좋겠다.

8. 사과 무덤 향기

"난 드레스를 많이 그려 줘. 털 달린 망토랑 뾰족구두까지
한 벌이라야 돼. 파티 가는 것처럼. 아, 수영복이랑 나팔바지도
있어야 된다."

"주문이 복잡하면 시간이 많이 걸려."

딱 잘라 말하자 미경이가 필통에서 새 연필을 꺼내 주었다.
미경이가 내게 뭘 선뜻 내주는 건 순전히 종이인형 때문이다.

나는 요즘 속옷 차림의 예쁜 여자아이와 여자아이가 갈아입
을 옷들을 골고루 그리는 재미에 빠졌다. 그리는 것도 재미있
지만 그림으로 주목받는 게 더 흥분됐다. 학교에서는 쉬는 시
간마다 애들이 종이를 들고 차례를 기다렸고, 동네에서는 애
들이 꺽다리 집 앞에서 놀며 자기 그림이 완성되기를 기다리

곤 했다. 문방구에서 파는 건 그림이 똑같은데 내 그림은 그릴 때마다 다르기 때문이었다.

사인펜이 없었다면 상상도 못할 일이었다. 그림은 애들이 주는 종이 어디에나 그렸다. 도화지, 공책, 달력 뒤에까지. 여자애만 그릴 때도 있고, 갈아입을 옷이며 모자 신발 가방까지 그리기도 했다.

"다 그려 주면 하나 더 줄게. 연필은 집에 몇 다스나 있으니까."

미경이가 준 연필을 살펴보고 종이에 그어 보기도 했다. 향나무 냄새가 나는 게 잘 깎일 것 같고, 흑심이 그어질 때 나는 소리도 듣기 좋았다. 좋은 연필답게 선도 부드럽게 그어졌다.

"좋아. 머리는 무슨 색으로 해?"

"노랑머리. 어깨까지 길게."

미경이가 자기 어깨를 가리켰고 나는 고개를 끄덕였다. 뒤에 있던 재순이가 입을 삐죽였다. 재순이는 내 분홍 스웨터도 못마땅해서 줄곧 뾰로통해 있었다. 그렇다고 모처럼 우쭐해진 내 기분이 사그라질 리 만무했다. 교실 뒤에는 소풍날 그린 내 그림이 떡하니 붙었고 아직도 스웨터에서는 새 옷 냄새가 났고 애들은 뭘 주면서까지 한 장만 그려 달라고 줄을 섰다.

"언재아, 나도 그여 줘."

재순이가 양숙이를 확 쨰려보았다. 나는 양숙이가 그렇게 말할 줄 진작부터 알고 있었다. 연미가 가지고 노는 종이인형

조차 탐내는 걸 봤으니까. 그건 벌써 낡았고 처음에 그린 거라 촌스러운데도 양숙이는 부드럽게 흘러내린 머리카락이며 가느다란 손가락을 한참 들여다봤었다. 재순이가 흘겨보았지만 양숙이는 기어이 하고 싶은 말을 했다.

"난 도아책 주께. 너 책 좋아하자나."

"너 정말, 그러기만 해!"

양숙이와 나를 번갈아 쏘아보는 재순이의 눈빛이 아주 사나웠다. 양숙이는 찡그린 채 재순이를 흘깃 보고 나를 다시 보았다. 더 부탁하지 못했으나 얼굴에 못마땅한 심정이 그대로 드러났다. 동화책도 갖고 싶고 재순이를 골려 주고 싶기도 해서 나는 흔쾌히 대답했다.

"알았어. 공주처럼 그려 줄게. 드레스에 리본도 달고 어깨에는 뿡도 넣고."

양숙이가 헤벌쭉 웃으며 고개를 끄덕였다. 재순이가 주먹을 꼭 쥐는 게 금방이라도 양숙이를 후려칠 기세였다. 그러나 그럴 수 없을 것이다. 양숙이는 약지 못하고 말이 어눌할 뿐, 재순이한테 꿀릴 게 하나도 없는 애다. 재순이가 아무리 화가 나고 사납게 구는 애라고 해도 자기한테 옷이며 신발을 물려주는 애를 함부로 건드릴 수는 없다. 그건 누구보다 재순이가 잘 알 터였다.

"흥! 사는 게 훠얼씬 더 좋지! 연필로 그린 건 지저분하기나 하고. 사인펜은 물방울만 떨어져도 번지잖아. 그딴 건 거저 준

130

대도 난 싫다!"

재순이가 바락바락 어깃장을 놓았다. 그래도 양숙이는 마음을 바꾸지 않았다. 잠자코 자기 집으로 들어가서는 보란 듯이 동화책을 들고 나왔을 뿐이다. 그걸 기어이 나에게 주자 재순이 얼굴이 붉으락푸르락했다. 양숙이 물건이 다른 애한테 넘어가는 걸 뻔히 보고 있어야 하는 게 억울하고 분해서 어쩔 줄 모르는 얼굴. 나는 고개를 쳐들었다. 너도 그런 기분 좀 느껴야 공평하지.

"소공녀가 무슨 뜻이야?"

"몬나. 난 책 읽넌 거 시더해서."

양숙이가 고개를 저었다. 이렇게 고급스러운 책을 정말 가져도 되는지 나는 걱정이 됐다. 어떤 건 애 물건이라고 해도 애 마음대로 못할 때가 있는데 이게 좀 그랬다. 어쩐지 그림 한 장으로 바꾸어질 책이 아닌 것 같았다. 그래서 특별히 양숙이한테는 한 장을 더 그려 줘야겠다고 생각했다.

"미경아, 양숙이 먼저 그려 줄게."

"왜? 내가 먼저잖아!"

"연필보다는 동화책이 더 비싸니까."

"칫! 그림 좀 그린다고 아주 재는구나!"

못마땅해 잔뜩 찡그리면서도 미경이는 더 뭐라고 하지 않았다. 연필을 돌려받는 것보다 좀 기다리는 편이 낫다고 판단한 거였다.

"손이 마수 부디넌 거 같다."

자기를 먼저 챙겨 준 게 만족스러웠는지 양숙이가 옆에 쪼그리고 앉아 감탄했다. 내 손이 마술을 부리는 것 같다는 말이었다. 그럴지도 모른다. 유연한 내 손놀림에 핑그르르 도는 것 같은 여자애의 윤곽이 금방 드러났으니 말이다. 옆에서 놀던 여자애들이 하나둘 모여들어 내가 연필을 가볍게 움직이면서 속눈썹을 그리고 머리카락을 올올이 그려 내고 웃는 입이며 뒤꿈치를 살짝 든 발까지 그리는 걸 구경했다.

그림을 그리면서 나는 생각한다. 무엇이 대체 그림을 그리게 하나. 머리일까, 가슴일까, 아니면 손끝의 기억일까. 얼굴에 표정을 담거나 움직임이 느껴지게 그려 낼 때, 혹은 섬세한 머리카락이 바람에 날리는 걸 표현할 때 문득문득 나도 모르게 색색의 은행들이 떠오르곤 했다. 가질 수 없었던 그것들을 내 손에 쥐는 기분. 꿈에서만 그토록 분명하던 걸 그려 내서 눈으로 확인하고 싶은.

재순이만 몇 걸음 뒤에 외따로이 서 있었다. 식식대던 재순이가 우물로 가더니 물이 출렁거리는 두레박을 들고 왔다. 그리고 모이 그릇에 고개를 처박은 오리들처럼 모여 있는 애들한테 물을 확 끼얹었다.

"앗, 차거! 너 왜 그래?"

"아우, 미쳤나 봐!"

애들이 소스라치게 놀라 비명을 지르고 물을 털어 냈다. 그림이 푹 젖어서 예쁜 색이 다 번져 버렸다. 나는 재순이를 노려보았고, 제 그림을 망친 양숙이는 발을 동동 굴렀다.

"이거 무더내! 당당 무더내!"

양숙이가 젖은 그림을 들고 재순이에게 달려들었다. 그림이 찢어졌는데도 재순이는 턱을 쳐들고 뻔뻔하게 굴었다.

"내가 왜? 난 마당에 먼지 날까 봐 물 뿌린 거야!"

"모들 주 알고? 약 오드니까 그댔으면서!"

"뭐가 약 올라? 그까짓 게 뭐라고! 여긴 우리 마당이니까 당장 가! 이제부턴 아무도 여기서 못 놀아!"

"천만의 말씀, 만만의 콩떡! 네가 뭔데? 마당 주인도 병직이 삼촌이네요!"

나도 지지 않고 쏘아붙였다. 이를 앙다문 재순이 얼굴이 아주 새빨개졌다. 여기가 병직이 삼촌 땅이라서 집을 못 짓고 있다는 건 이미 동네 애들까지 다 아는 사실이니까.

"너당은 다시 안 노다. 끝이야!"

"흥! 배신자 말더듬이랑은 나도 끝이다!"

재순이를 노려보는 양숙이 눈에 눈물이 가득 고였다. 동네 애들은 아무도 양숙이에게 말더듬이라고 하지 않는다. 부자에다 동네일을 결정할 만큼 영향력이 있는 개 아버지 때문이었다. 그런 아버지가 끔찍이 아끼는 애가 바로 양숙이였다. 더구나 양숙이한테 얻는 게 컸던 재순이가 그렇게 말한 건 누가 봐도 잘못이었다.

"내가 뭘, 나만 잘못이니? 이게 다 누구 때문인데!"

누가 편을 좀 들어 달라는 듯 재순이가 애들을 보며 앙살했다. 그러나 똘이조차 눈치만 보며 가만있었다. 성질대로 해 붙이기는 했으나 울먹이며 집으로 가는 양숙이 때문에 재순이도 결국 시무룩해졌다.

양숙이 재순이가 아무리 속상해도 나만큼은 아니다. 쉬지 않고 그려 댄 탓에 사인펜 색이 부쩍 옅어졌다. 자주 쓰는 색들은 벌써 연해져 앞으로는 색칠을 못하게 될 것이다. 예쁜 그림을 더 이상 못 그리게 되면 다시 외톨이가 되지 않을까 걱정스럽던 참인데, 아까운 색을 이렇게 낭비하게 만들다니.

"재순이가 누구냐?"

자전거를 타고 온 아저씨가 우리를 둘러보며 물었다. 방금 저지른 일 때문에 켕겼는지 재순이가 슬그머니 물러났다. 아저씨가 재차 물었을 때 나는 왠지 불안했다. 낯선 사람이 나랑 재순이를 동시에 찾는 게 뜻밖이라 여자애들도 잠자코 우리를 번갈아보고 아저씨를 빤히 보았다.

"철물점 옆 판잣집이면 여긴데. 너희들, 걔들 몰라?"

"저, 제가 연재인데요."

내가 눈치를 보며 말하자 아저씨가 자전거 뒤를 가리켰다.

"어서 타라. 재순이는 없고?"

내가 재순이를 보자 아저씨도 재순이를 알아보고 손짓했다. 아저씨가 먼저 자전거에 앉더니 머뭇거리는 우리를 재촉했다.

"이놈들아, 일손 바빠서 얼른 가야 돼!"

"어딜 가요?"

"과수원이지 어디여! 엄마들이 노와리 과수원에 일들 가셨잖냐. 아, 얼른 타. 배달하는 데 시간 잡아먹어서 바쁘구먼!"

엄마랑 외숙모는 오늘 사과 과수원으로 일을 갔다. 과수원에서 지스러기 사과를 추리는 일이라고 했다. 재순이가 부루퉁한 채 신발코로 땅만 툭툭 찼다.

"근데 우리가 왜 가요?"

"한 놈은 애 데려가고, 한 놈은 짐 가져가란다."

"그깟 도시락 통, 올 때 가져오면 될걸."

"넌 사과 먹기 싫은 모양이구나. 어른은 사과 한 자루라도 가져와야지. 품삯도 시원찮은데. 안 갈 테냐?"

재순이가 내내 우거지상을 하고 서 있어서 내가 먼저 자전거에 올랐다. 언니가 있었으면 재순이가 심부름을 가지 않아도 될 것이다. 그러나 언니는 이틀 전에 식모살이를 가고 없다. 재순이도 망설이다가 아저씨가 다시 쳐다보는 바람에 어쩔 수 없이 내 뒤에 앉았다.

자전거가 기우뚱 출발하자 재순이가 내 옷자락을 와락 쥐었다. 아저씨가 기울어지면 같이 기울어지고 덜컹이면 덩달아 엉덩이를 찧어 가며 신작로를 벗어나고 방죽을 따라 실려 갔다. 뒤에서 옷자락을 잡고 있는 재순이가 여간 신경 쓰이는 게 아니었다. 처음엔 마지못해 옷자락을 잡은 것 같더니, 시간이

지날수록 허리를 꽉 잡았고 나중에는 몸을 착 붙이기까지 했다. 무서운 게 하나도 없는 것처럼 굴던 애가 아주 겁쟁이가 돼 버렸다.

방죽을 지나자 양옆으로 과수원이 즐비하게 나타났다. 수확기가 지나서 배밭도 사과밭도 한산했지만, 객사리보다 경치도 좋고 과수원의 집들도 썩 좋아 보였다. 나무에 아직 매달린 과일은 새가 쪼아서 상처 났거나 못생겨서 상품이 될 수 없는 것들이다. 그걸 모두 따서 갈무리하는 데 엄마와 외숙모가 일꾼으로 간 것이다.

사과가 수북이 쌓인 창고 앞에 우리를 내려 주더니 아저씨가 길 건너편 과수원을 가리켰다.

"저쪽 끝이다. 어여 가라. 동생이 하도 보채서 엄마가 아주 애를 먹었다. 젖먹일 데리고선, 쯧쯧. 사는 게 뭔지!"

아저씨가 가리킨 곳을 찡그리고 보았다. 줄지어 선 사과나무 끝에 가을 햇살이 부옇게 번지는 걸 바라보는데 왜 갑자기 현기증이 나는지. 떨어진 사과나무 잎들도 풀도 흙도 축축한 게 머지않아 비가 올 것만 같다. 해도 있는데 어쩐지 찬기가 느껴지고, 어둡지 않은데도 과수원 끄트머리가 아득한 게 으스스하다. 여긴 어쩐지 기분 나빠. 스웨터가 아직 젖어서인가. 물벼락 씌운 애랑 이런 데까지 같이 걸어가야 하다니.

"같이 가기 싫은데 왜 따라온담!"

재순이가 얄밉게 뇌까렸다. 그러는 재순이 앞자락도 축축하게 젖어 있었다. 나를 붙잡고 오는 동안 스웨터 물이 밴 것이다.

"따라가긴 누가?"

"이 넓은 데 길이 여기뿐이야? 다른 데로 가."

"너나 그렇게 해! 내가 정 싫으면."

"그래 싫어. 너처럼 싫은 앤 처음이야."

"나도 너 싫어!"

"넌 객사리에 오지 말았어야 해."

"도대체 왜 내가 싫은데?"

앙칼지게 묻자 재순이가 걸음을 멈추었다. 만약 재순이가 달려들면 나도 똑같이 맞설 작정이었다. 그럴 만큼 나도 독해졌다. 그러나 제발 그러지 말기를 마음속으로 빌었다. 어쩐지 지금은 싸우고 싶지 않다.

"그냥 다 싫어. 생긴 것도, 하는 짓도 다."

재순이는 전에도 이렇게 말해서 나를 기막히게 했었다. 목구멍까지 치밀어 오른 말을 꿀꺽 삼키고 재순이를 노려보았다. 생각 같아서는 "질투하는 거지? 넌 공부도 못하고, 똑똑한 오빠도 없고, 인형도 못 그리고, 쌈질이나 잘하는 애라서" 하고 비웃어 주고 싶었다. 그러나 꾹 참았다. 그저 가라앉은 목소리로, 그러나 재순이를 똑바로 보며 분명히 말했다.

"이제는 나도 너랑 똑같아. 집도 없고 가난하고 지저분해."

"……."

"이젠 욕도 잘하고, 싸움도 겁 안 나."

"……."

"나, 너랑 똑같다고."

재순이가 잠자코 나를 바라보았다. 잠깐이었지만 내 말에 귀를 기울인 건 이번이 처음이었다. 이내 쌀쌀맞게 돌아섰지만 괜찮았다. 사나운 척해도 사실은 나처럼 외로운가 봐.

재순이는 과수원 가운뎃길을 따라서 가고 나는 밭둑을 따라서 걸어갔다. 나지막한 가지에 작고 못생긴 사과 한 알이 달려 있어서 땄다. 봉지에 싸이지 못한 채 햇살을 고스란히 받아서 표면이 트고 단단한 사과. 벌레 먹고도 예쁘게 물든 나뭇잎. 나뭇잎 밑에 매달린 거미줄도 보았다. 거기에는 벌써 섬세한 이슬이 맺혀 있었다. 거미가 먹이 대신 이슬을 그물에 걸어 놓은 것처럼.

어느덧 과수원 끄트머리였다. 서늘하고도 녹진한 바람에 진한 사과 향이 배어 있었다. 달콤하고도 코를 찌르는 사과 향기. 가까이에 썩은 사과를 버리는 두엄 더미가 있었다. 나도 모르게 얼굴을 찡그렸다. 썩어 가는 사과에도 군침이 돌다니.

너무 멀리 온 것 같다. 재순이와 거리가 너무 벌어져 풀에 가려진 재순이 몸이 반밖에 안 보였다. 재순이가 손을 흔들며 외치는 소리가 들려왔다. 말은 안 들려도 내 눈에 확실히 보이는 게 있었다. 스웨터 끈. 자전거 타고 올 때 재순이가 뒤에서 리본으로 묶인 끈을 빼내 간 게 분명했다.

"저게!"

화가 치밀어서 냅다 뛰기 시작했다. 잘 지내려고 했건만 끝까지 심술부리는 재순이가 밉고 여태껏 끈이 없어진 줄도 몰랐던 게 속상했다. 이 스웨터에는 저 끈이 없으면 안 된다. 끈이랑 가슴의 꽃 장식까지 다 있어야 되는 옷이다. 다 낡아서 못 입게 될 때까지 꼭 붙어 있어야 하는 것. 그런데 그걸 함부로 빼내 가다니. 그만 한 대가를 치르게 하고야 말 것이다.

전속력으로 달려 사과나무 밑을 지났다. 그러다 숨이 턱 막혔다. 별안간 나자빠진 것이다. 칼에 베인 듯 목으로 섬뜩한 통증이 파고들었다. 내가 뭔가에 부딪혀 그 반동으로 튕겨 나간 것이다. 뭔가 내 목을 예리하게 그었다. 그저 사과나무 아래일 뿐이었는데, 아무것도 안 보였는데, 나를 강타한 힘은 가차 없었다. 눈앞이 하얘지고 목에 가해진 충격 때문에 숨을 쉴 수가 없었다.

아, 죽을 것 같아. 쓰러진 그대로 숨을 못 쉬고 꼼짝도 못했다. 나는 내가 왜 이렇게 됐는지 바로 깨닫지 못했다. 못 움직이겠어. 누가 좀 도와줘요. 침을 삼켜야 돼. 숨을 쉬어야만 해. 어지러워. 엄마. 제발…….

하늘이, 사과나무 잎사귀들이 어지럽게 빙빙 돌았다. 일어나려고 간신히 팔꿈치를 짚었는데 온몸이 너무 아파서 비명조차 나오지 않았다. 나는 풀을 움켜쥐고 상체를 일으켰다. 그리고 밭둑으로 기다시피 움직였다. 희미하게 반짝이는 게 눈에 들어왔다. 사과나무 가지를 잡아당겨 말뚝에 고정시킨 철사들이었다. 사과나무 가지가 사방으로 벌어지도록 붙잡아 맨 사선의 철사들을 내가 미처 못 본 거였다.

화끈거리는 목을 가만히 눌렀다. 손가락에 피가 흥건하게 묻었다. 다쳤다. 그것도 많이. 스웨터에 달렸던 꽃 장식이 떨어져 나갔고 스웨터 앞섶도 찢어졌다. 그러나 그걸 아까워할 때가 아니었다. 어떻게든 일어나서 엄마에게 가지 않으면 이대로 죽고 만다. 기어가서 간신히 버티어 선 곳이 하필 버려진 사과들이 무더기로 썩어 가는 하치장이었다. 코를 찌르는 사과 향기.

"아!"

눈이 휘둥그레졌다. 썩어 가는 사과 무더기에 벌거벗은 무엇. 아니, 벌거벗은 게 아니었다. 그보다 더 선명한 상처 덩어리. 온몸을 데인 듯 살갗이 발갛게 벗겨진 작은 사람이 알몸으로 버려져 있었다. 굳은 듯 웅크려 있는, 너무나 아파 보이는 몸. 파리가 달라붙은 참 이상한 쓰레기. 믿을 수 없어 뚫어져라 보던 내 눈에 처연한 시선이 들어왔다. 숱한 파리들 가운데서 나를 보는 두 개의 까만 점은 틀림없이 눈동자였다. 그런 자신을 부끄러워하는 눈빛. 움직일 수 없는 몸에 눈빛은 아직 살아서 간절히 나를 보고 있었다. 나를 그렇게 보지 마. 그렇게 오래 빤히 보지 마.

어린아이다. 섬광처럼 그런 생각이 들었다. 그 눈이 슬며시 감길 때 진저리가 쳐졌다. 만지지도 않았는데 손끝의 물컹한

140

기억. 왜 갑자기 미군 쓰레기장의 그 덩어리 감촉이 되살아났을까. 토할 것 같아. 나는 숨을 쉬어 보려고 껙껙대며 기고 또 기었다. 어떻게 사람을 썩어 가는 사과 더미에 버릴 수 있을까. 저렇게 아픈 몸을. 저렇게 까만 눈으로 아직 쳐다볼 수 있는 사람을 어떻게……. 누군가 와 줬으면. 사람은 저렇게 죽을 수 없다. 나는 이모할머니가 죽었다는 걸 안다. 영길이 아저씨가 죽는 것도 이해할 수 있다. 그러나 이건 아니다. 이건 누군가 단단히 미쳤다는 거다.

죽을힘을 다해 거기를 빠져나왔다. 휘청거리며 위태롭게 간신히 몇 걸음 떼었을 뿐이지만 마음으로는 그 이상한 광경에서, 그 눈빛으로부터 도망치고 또 도망쳤다. 나도 모르게 내가 그런 짓을 저지른 건 아닐까 두려워하면서. 문득 여자애가 생각났다. 풋복숭아를 주며 수줍게 웃던 애. 눈물이 왈칵 쏟아지며 몸이 앞으로 고꾸라졌다. 사과 향기가 온몸으로 스며들고 누군가 외치는 소리가 머릿속을 헝클어 댔다. 연재야! 죽지 마! 죽지 마!

달큰한 사과 향기. 물에 번진 사인펜처럼 부옇게 번진 하늘. 어지럽게 도는 나뭇가지들. 발갛게 벗겨진 몸. 부끄러워하는 눈빛. 얼굴 붉히던 여자애. 발그레한 풋복숭아. 맞아서 빨개진 목덜미. 주홍빛으로 물든 꽈리. 미안해. 미안해. 미안해.

9. 바람손님

여기 놓아 봐. 색이 곱게 들었는지 보자.

여자가 광목을 펴서 햇빛에 비추어 보며 나긋나긋 말했다. 광목이 너무 하얘서 어지럼증이 인다. 머릿속이 간지럽다.

너무 하얀 건 똑바로 볼 수가 없어요. 재채기할 것 같아요.

쉬, 조용히 잘 견뎌 봐. 토끼는 잘 놀라거든.

여자가 광목을 넓게 펼치고 채반을 잡아당겼다. 그리고 색색의 은행을 한 움큼 쥐어 나에게 내밀었다. 양손을 오므려 잘 받는데도 은행이 자꾸만 손에서 빠져나갔다. 색색의 은행들이 손에 넘쳐서 떨어지고 또 떨어지고.

"언니이……."

가까스로 고개를 들었다. 막내를 재우려다 같이 잠들었나
보다. 연미가 인형 머리를 묶어 달라며 내밀었다. 솜을 채우고
뜨개실로 머리카락을 붙인 인형이다. 그걸 내미는 연미의 손
이 노랗다.

꿈이 아득하다. 깨는 순간 또 거짓말처럼 머릿속에서 지워
져 버렸다. 그래도 손에서 넘쳐흘러서 떨어지고 또 떨어지던
색색의 은행들은 선명했다. 그걸 실제로 가질 수 있다면.

그리다 만 그림을 사인펜으로 색칠하다가 방구석을 돌아보
았다. 판자 틈으로 바람이 비집고 들어오고 싶어 안간힘을 쓰
는 소리가 들린다. 어제 아버지가 지붕이며 벽을 천막으로 친
친 감았는데도 틈이 남았던 모양이다.

밖에서 천막이 연신 푸들대는 소리에 연미가 킥킥 웃었다.
웃음소리마저 황달에 걸린 듯 매가리가 없다. 엄마 아버지 얼
굴에 그늘을 짙게 드리울 만큼 연미는 몹시 아프다. 좋다는 약
을 다 먹이는데도.

"바람도 방귀를 뀌나 봐."

"들여보내 달라고 아양 떠는 거야."

"바람아, 그래 봤자야. 안 들여보낼 거니까. 그치, 언니?"

연미가 인형을 이불자락으로 덮어 토닥였다. 바느질도 엉성
하고 예쁘지 않아도 연미는 그걸 손에서 놓지 않는다. 천이 부
드럽고 솜이 채워져 말랑말랑하기 때문이다. 막내가 이제 기
저귀를 차지 않아서 나는 그걸로 인형을 여러 개 만들었다. 기

저귀 천은 자주 빨아서 부드럽고 하얗기 때문에 인형 몸을 만들기에는 그만이다. 얼굴은 사인펜으로 그리고 머리카락은 뜨개실을 길게 꿰매 붙였다. 종이에 그리던 걸 직접 만들기 시작한 것이다. 색깔 천만 넉넉하다면 옷도 만들어 줄 텐데.

"그치, 언니? 바람 안 들여보낼 거지이?"

"응. 우린 바람손님 싫어하니까."

누렇게 뜬 볼이며 손등이 까슬하게 튼 연미. 담요를 어깨까지 덮어 주었다. 아버지가 아무리 싸매고 또 싸매도 격다리 집은 춥다. 해가 있으나 없으나 늘 춥다. 바람은 어떻게든 스며들어와 집 안을 차지해 버린다. 외숙모네 아랫목을 차지하고 누워 돌아가지 않던 빚쟁이 손님들처럼. 연탄난로를 온종일 피워도 방은 춥고, 식구들은 옷을 입은 채로 자야만 한다.

"이젠 밤색도 다 썼네."

더 이상 색이 나오지 않는 사인펜을 치우고 크레파스를 엷게 칠해서 공주 그림을 마무리했다. 양숙이에게 줄 이별 선물이라 특별히 금색 은색으로 왕관까지 그렸다. 양숙이네가 내일 서울로 이사를 간다고 했다. 그래서 오늘 재순이가 송별회를 해준단다.

"재순이네 갔다 올게. 나오지 말고 막내 잘 보고 있어. 안 그러면 엄마가 맛있는 거 안 해줄지도 몰라."

"맛있는 거?"

"오늘 아버지 생신이잖아."

삼촌이 그래서 찾아왔었다고 한다. 일찌감치 생신 인사도 하고, 고생을 해도 고향에 돌아와서 하는 게 어떠냐는 친척들의 말을 전하려고. 그러나 아버지는 나중에 돌아간다고 했단다. 고향 집을 되찾을 수 있을 때 돌아간다고.

"빨리 와야 돼. 바람 소리 무서워."

나는 고개를 끄덕이고 방문을 꼭 닫았다. 오늘은 유난히 춥고, 바람도 심술궂은 소리를 내며 불고 있다. 아버지가 동여맨 천막이 불안하게 떨어 대는 소리를 들으며 재순이네로 종종걸음 쳤다.

"어디 가? 엄마 아버지 금방 오실 텐데."

오빠가 들어오다 나를 보고 한 소리 했다. 옆구리에 책을 끼고 잔뜩 웅크린 모습이다. 오빠는 요즘 용완이랑 같이 숙제하고 같이 잔다. 집이 너무 추워서 저녁만 먹고 거기로 자러 가는 것이다. 대신 용완이가 모르는 걸 가르쳐 준다고 했다.

"양숙이 떠난대서. 이것만 주고 올 거야."

동화책과 그림을 들어 보이고 재순이네로 갔다. 동네 여자애들이 다 모였는지 신발이 어지럽게 흩어져 있고 온기가 느껴졌다. 연탄난로에서 주전자가 김을 폭폭 내뿜고 있었다. 애초부터 판잣집을 양숙이네 굴뚝에 붙여 지어서 외숙모네는 우리 집보다 확실히 더 따뜻했다.

"서쪽 하늘에서도, 동쪽 하늘에서도. 반짝반짝 작은 별, 아름답게 비치네."

연경이가 무릎을 까딱이며 노래를 하고 있었다. 양숙이를 위해 돌아가며 장기자랑을 하나씩 하는 모양이다. 연경이는 언제나 씩씩해서 또래 외사촌과 늘 붙어 지내고 저보다 큰 언니들도 잘 따라다닌다. 그래서 가장 어리면서도 지금 여기에 끼어 있는 것이다.

그림 가져온 걸 보고 양숙이가 손을 까부르고는 제 옆에 앉도록 자리를 냈다. 입술을 살짝 삐죽이더니 재순이도 옆으로 왔다. 과수원에서 쓰러졌을 때 맨 먼저 달려오고 죽지 말라고 소리친 애가 재순이였다는 걸 안 뒤부터 나는 재순이가 어떻게 하든 봐주기로 했다. 재순이도 그때부터 나를 대하는 게 사뭇 부드러워졌다.

"난 오래 못 있어. 그러니까 먼저 줄게."

동화책과 그림을 같이 주었다. 양숙이가 그림을 펴 들자 애들이 모여들었다. 양숙이 엄마가 동화책은 함부로 맞바꾸는 게 아니라며 다 읽고 나서 꼭 돌려달라고 했다. 그래서 나는 『소공녀』를 읽고 또 읽었다. 동화책은 못 가져도 이야기는 기억하고 싶어서.

"색이 별로다."

"그림은 좋은데."

"난 개차나. 드레스가 점말 이쁘다!"

"여기 편지도 썼네. 양숙아, 안녕. 우리를 잊지 마."

똘이가 그림 아래에 쓴 글귀를 또박또박 읽었다. 그러자 모인 애들이 시무룩하니 물러났다. 노래할 때 깜빡 잊었던 이별 기분이 되살아난 것이다.

"서우 가면 나도 또또이 마달 거아. 병언 다녀서."

"그래. 말도 똑똑히 하고, 튼튼해지고."

똘이가 재재거렸다. 그러더니 생각났다는 듯 나를 보고 말했다.

"그때 그 얘기 해줘 봐. 정말 끔찍한 그 얘기. 사과 무덤에서 죽은 애."

"사과 무덤? 누가 죽었는데?"

"옥란이 말고 죽은 애가 또 있어?"

애들이 나와 똘이를 번갈아 보았다. 온몸에 소름이 돋았다. 나는 잠자코 재순이를 돌아보았다. 재순이는 뭐가 문제냐는 듯 어깨를 으쓱해 보였다.

과수원 끄트머리에서 목격한 일을 재순이한테 맨 처음 말했었다. 열병처럼 사나흘 꼬박 앓고 난 뒤에. 그 얘기를 꺼낼 때는 나조차 믿을 수 없게 모든 것이 아득하기만 했다. 상상 같기도 하고 꿈같기도 했던 일. 어쩌면 내가 몹쓸 이야기를 지어낸 건 아닐까 소름 끼쳐 하면서.

혹시나 했는데 재순이는 두엄 더미에서 그런 애를 보지 못했다고 했다. 엄마한테도 말했지만 엄마는 객쩍은 소리 말라고 했다. 사람을 두엄 더미에 버리는 일은 절대로 없다고. 머릿속에 쓸데없는 생각이 많으니까 흉측하게 다치고 새 옷도 망치는 거라고 야단만 쳤다. 참 다행이었다. 그렇게 믿기로 했다. 그것 때문에 다시는 무서워하지 않아도 된다고. 엄마 말이 진짜라면 더없이 다행이니까.

"난 집에 가야 돼."

내가 일어나자 애들이 실망하는 기색이 역력했다. 마치 재미난 옛날이야기를 못 듣게 됐다는 듯. 그러나 그건 옛날이야기처럼 재미난 게 아니다. 무섭고 아프고 소름 끼치는 어떤 일이다. 상상이든 꿈이든 너무나도 슬프게 아픈 기억.

"얘기해 주고 가. 그 애가 죽었나 안 죽었나 궁금하지 않니?"

"그래. 걔가 왜 그렇게 됐는지 우리 돌아가면서 알아맞혀 보자!"

애들 눈이 호기심으로 반짝였다. 손뼉을 짝 치며 즐거워하는 애도 있었다. 나는 정말이지 더 머물고 싶지 않았다.

"그게 진짜면, 넌 잘못한 거야. 불쌍한 사람을 안 도와줬으니까."

그 말이 가슴을 쿡 찔렀다. 잘못을 들킨 것처럼 나는 아무 말도 못했다. 서둘러 신발을 꿰며 그렇게 말한 애를 돌아보기만 했다. 양숙이 친척이고 오빠랑 같은 반인 상급생 여자애였다. 같이 놀아 본 적은 없지만 나는 그 애가 똑똑하다고 느꼈다. 똑똑하지만 잠시도 같이 있기 싫은 애. 그날 미안하고 또 미안하던 마음은 도와주지 못해서였는지 모른다. 그걸 잔인하

148

게 확인시키다니.

"언재아, 다음에 만나면 우디 꼭 친구 대자."

양숙이가 손을 흔들며 말했다. 나는 고개를 끄덕여 주었다. 그리고 조용히 바깥으로 나왔다. 날이 아까보다 더 추워졌다. 가슴이 시려서 두 팔로 꼭 끌어안고 하늘을 보았다. 별이 총총하다.

그날 본 건 꿈이 아니다. 누구보다 내가 분명히 아는 사실이다. 그 애는 어떻게 됐을까. 죽었을까. 도와주었다면 살 수 있었을까. 어떻게 도와줄 수 있었을까. 생각이 꼬리를 물고 이어지자 목에 통증이 일었다. 벌써 딱지도 다 떨어진 상처가 아프다. 심장까지 연결된 상처인가, 왼쪽 가슴 가장 깊은 데까지 건드려진다.

방 안에서 노랫소리가 울려 나오기 시작했다.

오랫동안 사귀었던 정든 내 친구여
작별이란 웬말인가 가야만 하는가
어디 간들 잊으리오 두터운 우리 정

이별 노래를 뒤로하고 돌아왔다. 문틈으로 흐릿한 불빛이 흘러나오는 집. 집요하게 스며드는 바람 때문에 온 가족이 웅크린 채 불안한 꿈을 꾸며 뒤척이는 집. 천막을 친친 감아 댄 몸뚱이를 떠받치기에는 너무 가느다란 각목, 그래서 위태로워 보이는 꺽다리 집으로.

　그사이에 아버지도 엄마도 오셨다. 재순이네처럼 연탄난로에서 물이 끓고 있었다. 엄마는 손목까지 쌀가루를 묻힌 채 음식을 만들고, 오빠는 앉은뱅이책상에서 연미에게 책을 읽어 주고, 아버지는 막내 얼굴을 물수건으로 닦아 주고 있는 풍경이 나를 안심시켰다. 괜찮아. 이제 그건 나랑 상관없어.

　"방 식어. 어서 들어와."

　얼른 엄마 옆으로 갔다. 쟁반에 기름병과 단팥 소가 든 그릇이 있었다. 명절에나 상에 오르는 고기반찬에 나물반찬도 여럿이었다. 아침에는 엄마 아버지가 일찌감치 일하러 나가니까 생신 상을 저녁에 차리는 거였다.

　"엄마, 연경이 데려올까?"

　"놔둬. 어련히 알아서 들어올까. 먹을 복 하나는 타고난 애다."

　정말이었다. 연경이는 실컷 놀다가 음식이 다 준비되자 들어왔다.

　오랜만에 푸짐하게 먹은 저녁이었다. 특히 처음 맛보는 찹쌀 부꾸미가 아주 별미였다. 단팥 소와 쫀득한 찹쌀떡이 고기보다 맛있다며 연경이는 먹고 또 먹었다. 어쩐 일로 먹보 연미가 도통 먹지 못했을 뿐 온 가족이 포식을 했다.

　웬일로 멀건 한약을 넙죽넙죽 받아먹은 연미의 배를 쓰다듬으며 엄마가 말했다.

"오늘부터는 너희들도 다른 집에서 자야 돼. 오늘 밤부터 추워진다니까, 밥 먹고 유정이네로 가. 연미랑 애기는 엄마 아버지가 안고 잘 거야."

"싫어. 난 추워도 잘 수 있는데."

"잔소리 마. 그나마도 유정이 아저씨 올 때까지만이야."

엄마가 내 말을 잘랐다. 아버지 기분 상할까 봐 목소리를 낮추어서. 그러나 아버지는 까슬해진 손으로 턱을 괸 채 눈을 감고 있었다. 맛있는 저녁밥 맛이 싹 달아나 버렸다. 유정이 아버지는 외삼촌이랑 같이 집 지으러 다녀서 자주 집을 비운다. 그래서 엄마가 잠자리를 부탁할 수 있었던 것이다.

"그래. 이 고비만 넘기자. 연탄 공장에 자리가 날 것 같다. 다행히 임시직도 아니고, 월급도 꼬박꼬박 나올 거다."

아버지가 눈도 안 뜨고 말씀하셨다. 목소리마저 까슬하다. 엄마도 쉬는 날 없이 일하고 아버지도 닥치는 대로 일하지만 상황이 점점 더 나빠지고 있다는 걸 나는 충분히 알고 있었다. 아버지가 월급이 꼬박꼬박 나오는 일을 하게 될지도 모른다니까 이 정도는 참아야 한다.

"유정이는 애기잖아. 같이 놀지도 못해."

집을 나설 때 연경이가 부루퉁하니 말했다.

"일어나면 바로 와. 남의 아침상 들어올 때까지 있지 말고."

어서 가라고 손짓한 뒤 엄마가 문을 닫았다. 어린 동생들과 엄마 아버지만 남은 집을 돌아보고 우리는 신작로로 나갔다.

집을 차지한 바람손님에게 쫓겨난 셈이었다. 앞서 가던 오빠가 주의를 주었다.

"공손하게 굴어."

오빠가 어둠 속으로 사라졌다. 뒤 한 번 돌아보지 않고. 다른 사람들은 낮에 흩어졌다가도 밤이면 한집에서 모여 자는데 우리에게는 그나마도 어렵다. 이렇게 어두운 밤에 가족이 뿔뿔이 흩어져야 하다니.

어둠 속에서 연경이가 내 손을 잡았다. 유정이 엄마는 엄마랑 친하고 평소에도 험한 소리는 안 하는 아줌마다. 그래도 식구도 아닌 사람이랑 같이 자야 한다는 게 영 내키지 않았다. 미닫이문을 열고 들어가자 걸레를 빨던 아줌마가 말을 건넸다.

"어서 와라."

폐를 끼친다고 생각해서였을까. 아줌마 목소리가 싸하게 느껴졌다. 엄마랑 같이 있을 때와는 분명히 다른. 그러나 마음 쓰지 않기로 했다. 연미는 별로 그렇게 생각하지 않는 것 같으니 다행이다.

내부에 모든 게 다 있는 집이었다. 펌프, 마루, 방, 부엌, 나뭇단이 쌓인 광까지. 온기 가득한 집 안. 우리 집도 여기도 안과 바깥을 나눈 게 똑같이 문 한 장인데 어쩌면 이렇게 다를 수 있을까. 눈물이 핑 돌았다. 어쩌면 집에도 뿌리가 있나 보다. 공중에 뜬 껑다리 집과 달리 흔들리지 않게 땅에 깊숙이 내린 집의 뿌리. 그러지 않고서야 이렇게 다를 수 있을까. 우리에게도 이런 집이 필요해.

"발 씻고 들어가."

우리는 시키는 대로 했다. 우물물을 퍼 올려 뭘 하자면 손가락이 떨어져 나가는 것처럼 추운 때인데도 펌프에서 나온 물은 미지근했다. 그래서 자기 전에 씻는 게 그리 나쁘지 않게 느껴졌다. 맨발로 마루에 올라도 발 시리지 않고 방이 아주 따뜻해서 추위 따위는 금방 잊었다. 그래도 나는 자꾸 아줌마 눈치를 보게 됐다. 아줌마가 그리 친절해 보이지는 않는다.

"여긴 정말 따뜻해."

연경이가 웃으며 트림을 했다. 아줌마가 살짝 찡그리고 돌아보았다. 솔직히 연경이의 트림은 좀 고약했다. 아줌마가 윗목에 이부자리를 펴 주었다. 윗목이지만 껵다리 집에 비하면 아랫목이나 다름없었다. 아니, 그보다 백배 나았다. 조금도 춥지 않았으니까. 그런데 연경이가 또 트림을 해서 나는 옆구리를 살짝 찔러 주었다.

"굴러다니면서 자면 안 된다. 애기 깨니까."

아줌마가 불을 껐다. 나는 소리 죽여 한숨을 쉬고 어두운 천장을 보았다. 지나가는 차 소리가 너무 크게 들려서 잠이 올지 걱정이 됐다. 눈을 감으니 추운 집에서 외투까지 겹쳐서 덮고 잘 식구들이 생각났다. 이렇게 등이 따뜻한 방에서 다 같이 자면 참 좋을 텐데.

자꾸 트림이 나는지 연경이가 이불을 살그머니 당겨 뒤집어

썼다. 엎치락뒤치락. 잠자리가 바뀌어서인가, 연경이는 쉬 잠들지 못했다. 이불 속에서 연경이가 속삭였다.

"언니, 나 배 아파."

"잠들면 괜찮을 거야."

잠시 가만있더니 연경이가 또 속삭였다.

"언니, 나 배 아파."

목소리가 아까와 좀 달랐다. 그래도 나는 움직이지 않았다. 자꾸 부시럭대서 아줌마를 깨우면 안 될 것 같아서였다. 다행히 연경이도 조용해졌다. 그러나 얼마 못 가서 연경이가 우는 소리로 속삭였다.

"언니, 나 똥 마려워."

"참아."

"급한데. 속이 아파."

"배 만져 줄게."

"응."

살그머니 돌아누워서 연경이의 배를 살살 문질러 주었다. 배가 딱딱하게 느껴졌다. 찹쌀 부꾸미를 많이 먹어서 탈이 난 모양이었다. 그 생각이 들자 잠이 싹 달아났다. 변소가 어디인지 물어보지도 못했는데.

"너희들, 그만 자라."

아줌마가 잠에 취한 소리로 중얼거렸다. 우리는 숨죽이고 가만히 있었다. 그러다 나는 다시 가만가만 연경이의 배를 문

질렀고 연경이는 끙끙거리는 소리를 내지 않으려고 애썼다. 연경이 몸에서 진땀이 만져졌다. 정말로 많이 힘든 모양이었다. 미안해도 아줌마를 깨워야 할 것 같았다.

"언니······."

갑자기 연경이가 몸을 일으키더니 문 쪽으로 마구 기어갔다.

"으으, 으웩!"

어둠 속에서 연경이가 토하기 시작했다. 불이 탁 켜지고 아줌마가 비명을 질렀다. 자지러지는 아기 울음소리. 연경이가 아기 몸에 토하고 만 것이다.

"어머, 이걸 어쩌냐!"

아줌마가 연경이를 밀쳐 내고 아기를 안아 들었다. 시큼한 냄새와 아기 울음소리, 아줌마의 짜증 섞인 소리로 방 안이 난리였다. 그런데도 연경이는 헉헉대며 토하기를 멈추지 못했다.

아줌마가 더운물로 아기 씻기는 걸 잠자코 바라보았다. 아줌마한테 미안하고 아기한테 미안했다. 한편으로는 이 밤중에 아기를 발가벗겨서 씻겨도 될 만큼 따뜻한 집에, 더운물이 있는 사람들이 부러웠다.

배 속에 든 걸 다 토하고 나서야 연경이가 멍하니 나를 보았다. 얼굴이 핼쑥했다.

"너희들, 집으로 가야겠다."

아기를 수건에 싸안으며 아줌마가 말했다. 아줌마가 그렇게 말하지 않아도 그래야겠다고 생각한 터였다. 대야에 받아진

물로 연경이의 얼굴과 손을 대충 씻겼다. 찬물이지만 상관없었다.

미닫이문을 닫기 전에 인사를 하려고 했는데 차마 입이 떨어지지 않았다. 그래서 조심스레 문을 닫고 신작로를 걸었다. 늦은 밤인데 어떤 집에서 풍금 소리가 흘러나오고 있었다. 교회에서 울려 나오던 풍금 소리가 생각났다. 태일이가 새마을 운동 노래를 쳤었다. 다음 날 군수를 위해 반주하려고 연습한 거였다. 조금도 고맙지 않은 군수를 위해서. 조국 근대화를 이룩하려면 초가지붕을 개량해야 한다던 높은 분들. 조국 근대화란 도대체 뭘까. 이렇게 추운 밤에 잠자리에서 쫓겨난 우리한테는 조국 근대화보다 썩은 초가지붕이 더 필요한데.

심술궂은 바람이 가슴을 횡하니 헤집어 보고 지나갔다. 이가 딱딱 부딪칠 만큼 추웠지만 속이 뻥 뚫리는 것처럼 시원하기도 했다. 웅크리고 걷던 연경이가 또 내 손을 잡았다. 나는 그 손을 꼭 쥐어 주었다.

"언니, 이제 우리 집 가서 자는 거지?"

"응. 이제 안 아프니?"

"모르겠어. 근데 토는 안 나와."

연경이가 경중경중 뛰었다. 나도 경중경중 뛰었다. 추워서 뛰고 속이 시원해서 뛰고 둘이 오랜만에 손잡아 보는 거라서 뛰고. 마치 노는 것처럼 깨금발로 뛰면서 웃었다.

"반짝반짝 작은 별, 아름답게 비치네. 동쪽 하늘에서

도……."

연경이가 먼저 노래하고 나도 따라서 했다. 개들도 자러 간 컴컴한 밤길을 둘이서 노래하고 경중거리며 가다 보니 집 앞 이었다. 엄마가 문을 열고 잠시 바라보더니 아무 말 없이 우리 를 끌어들였다.

난로를 사이에 두고 식구들이 누웠다. 얼음장같이 차가워져 돌아온 우리를 난로 가까이 누이고 막내와 연미를 품은 엄마 아버지가 바깥쪽에 누웠다. 아버지의 두꺼운 외투까지 포갰는 데도 이불 속이 추워서 나는 최대한 웅크렸다. 바람이 배고픈 짐승처럼 우는 소리를 들으며 간신히 잠이 들었다.

밤사이에 바람이 무슨 짓을 저질렀던 걸까. 모두 잠든 사이 에 틈을 찾아 스며든 바람이 기어이 정체를 드러냈다. 가장 든 든하게 버티어야 할 대상에게. 나는 바람의 저주를 영원히 잊 지 못할 것이다.

10. 벼락 맞은 대추나무는 어디에

아버지 얼굴이 마비되었다. 입이 귀 쪽으로 틀어져 주름이 깊게 패었고 눈까지 처져서 하룻밤 사이에 병든 노인처럼 변해 버렸다. 우리는 아버지가 해코지당하는 사악한 순간에 대해 아무 짐작도 하지 못했다.

아버지 품에 잠들었던 연미가 그 어느 때보다 맑은 눈으로 깨어난 건 기적이었다. 마치 물동이를 엎지르기라도 한 것처럼 오줌을 펑 싸고서. 외숙모 말마따나 오줌보가 터져서 고작 다섯 살에 명이 끝나지 않게 된 것이다. 그 더러운 병균이 옮기라도 했을까. 아니면 병직이 삼촌이 말한 그 들개라는 놈이 밤 사이 들어와 아버지를 죽이려 했던 건 아니었을까.

방구석에 웅크린 건 바람만이 아니었다. 아버지도 그랬다.

전보다 더 어둡고 멍해지기까지 해서 아버지는 흡사 방구석에 부려진 덩어리 같았다. 깊게 꺼진 구덩이 같기도 하고 아버지를 집어삼킨 서늘한 바람 같기도 했다. 온종일 말도 없고 마스크로 얼굴마저 가려서 막내조차 아버지를 꺼렸다.

"낮에는 볕도 좀 쏘이고 해요."

엄마가 조심스레 말을 건네고 집을 나섰다. 아버지는 벽 쪽으로 누웠다가 한참 만에야 부스스 일어났다. 그리고 머리맡의 단지를 잡아당기고 물끄러미 보았다. 숟가락을 쥐고도 항아리에 고정시킨 눈을 거두지 못했다.

"내가 이더고도 아비야……."

학교 가려고 일어서다 나는 멈칫했다. 아버지가 뭐라고 한 것 같았는데 발음이 정확하지 않아 제대로 못 들었다. 잠시 기다렸지만 그걸로 그만이었다. 입이 돌아가 버린 몰골을 자식들에게도 보이기 싫어서 말도 않고 밥도 같이 안 먹는 아버지다. 그래도 단지에서 약을 떠서 먹자면 마스크를 벗어야 한다. 그때 뭐라고 더 하실 줄 알았는데 아버지는 그대로 단지만 보고 있었다.

아버지의 부정확한 발음 때문에 양숙이가 생각났다. 혹시 아버지도 그렇게 되는 게 아닐까. 하필이면 그런 생각을 한 머리를 쿡 쥐어박았다. 엄마 말대로 객쩍은 생각을 너무 많이 하는 머리다.

밖에서 엄마가 오빠에게 조용히 뭘 지시하고 있었다.

오빠가 나지막이 대답하는 소리가 들렸다.

버스 정류장까지 가는 동안 아무도 입을 열지 않았다. 버스 정류장에서 엄마와 갈라질 때 오빠는 엄마한테 고개조차 까딱이지 않았다. 엄마가 말한 걸 자세히 알고 싶어서 잰걸음으로 따라갔건만 나를 거들떠보지도 않았다. 오빠는 화가 난 것도 같고 줄곧 무슨 생각에 빠져 있는 것 같기도 했다. 보통 때도 친절한 편은 아니었으나 요즘 들어서는 자주 화난 것처럼 보여서 말 한마디 붙이기가 어렵다. 그사이 미경이가 따라붙었고 이내 재순이까지 따라와 같이 걸어갔다.

"춘심이 언니도 떠났다며?"

재순이 말에 미경이가 어깨를 으쓱했다. 새마을운동으로 힘들어진 건 미경이네도 마찬가지였다. 술집이 나날이 힘들어져서 아가씨들이 다 떠나고 미경이 엄마가 다른 가게를 하게 될 거라는 말도 돌았다.

"이러다 너도 이사 가는 거 아냐?"

"가면 되지 뭐."

너무나 쉽게 대답하는 미경이. 자기 엄마가 돈 잘 버는 데를 또 찾을 거란다. 여기에서 그렇게 쉽게 떠날 수 있는 미경이네가 부러워졌다. 고향으로는 못 가더라도 여기를 떠나면 아버지가 괜찮아지지 않을까. 그러나 우리는 갈 데가 없다. 이렇게 추운 집에서 병든 아버지를 바라보며 여섯 식구가 슬프게 살아야 할 것을 생각하니 소름이 돋았다.

다시 오빠 옆으로 다가갔다. 비로소 오빠가 나를 슬쩍 보았다.

"벼락 맞은 대추나무가 뭐야?"

"알 거 없어."

"왜? 아버지 때문인 거 나도 다 아는데."

"어린앤 알아봤자야."

오빠가 불퉁스레 내뱉었다.

어린애라니. 나는 동생이 셋이나 딸린 맏딸이다. 엄마도 나를 어린애 취급하지 않지만 나도 나를 그렇게 생각한 적이 없었다. 용완이가 달려와 오빠 어깨에 팔을 척 걸치는 바람에 나는 물러나고 말았다.

"대추나무가 벼락 맞았대? 언제?"

미경이가 뜬금없는 소리를 해서 재순이까지 엉뚱한 소리를 했다.

"겨울에도 벼락이 치나? 나는 벼락 소리 못 들었는데."

"우리 아버지한테 벼락 맞은 대추나무가 필요하대."

"정말? 그럼 고모부가 낫는대?"

똘이까지 입김을 학학 뱉으며 달려오더니 참견하려 들었다. 재순이가 더 호들갑을 떨까 봐 나는 걸음을 재촉했다. 아무도 아버지에 대해서 이러쿵저러쿵 말하게 하고 싶지 않았다. 재순이가 떠들어 대면 똘이가 알고 그러면 동네 애들이 죄다 알게 된다. 그건 참을 수 없다. 아버지는 놀림감이 돼서도 안 되고 더 슬퍼져서도 안 된다.

오다가다 벼락 맞은 대추나무가 있는지 살펴보라고 엄마가
오빠에게 말했다. 동쪽으로 뻗은 기역 자 가지라야 한다는 말
도 했다. 엄지와 집게를 펴서 기역 자를 만들어 보았다. 그걸
어디에 어떻게 쓴다는 걸까. 엄마는 아버지 병에 좋다는 건 날
마다 구해 와서 달이거나 빻았다. 그것도 달여서 쓰는 건가. 그
런데 왜 기역 자라야 할까. 집에 갈 때 학교 후문으로 가 봐야
겠다. 거기는 나무 있는 집들이 많다. 하지만 벼락을 맞았는지
안 맞았는지는 어떻게 알까.

내리에 사는 친구들에게 혹시 집에 대추나무가 있는지 물어
보았다. 집에 대추나무가 있다는 애는 몇 명 되었다. 그러나 하
나같이 벼락을 맞았는지는 모르겠다고 했다. 말이 어떻게 돌
았는지 다른 반 애가 찾아와 "네가 대추나무 벼락 맞은 거 봤
다며?" 해서 나는 결국 입을 다물어 버렸다.

공부가 끝나 복도를 나오는데 재순이가 뛰어왔다. 이상한
소문이 난 게 재순이 때문인 것 같아서 본 척도 안 했다.

"너 향교마을 갈래?"

대꾸도 않고 가자 재순이가 소리쳤다.

"맘대로 해. 거기 가면 대추나무 있다는데!"

귀가 솔깃해 재순이를 빤히 보았다. 재순이도 잠시 나를 빤
히 보았다. 가늘고 긴 저 눈 속에 무슨 생각이 숨어 있는지 알
수가 없다. 접은 사포처럼 여전히 껄끄러운 사이지만, 과수원

일이 있은 뒤부터 우리는 좀 달라졌다고 할 수 있다. 최소한 재순이가 나를 깔아뭉개려 들지는 않으니까. 내 목에는 가늘지만 없어지지 않을 상처가 남았고, 재순이는 그때 내 옆에 있어준 애다. 그래도 여전히 발톱을 감춘 고양이 같은 애라는 의심을 버릴 수는 없다.

"내가 들었는데, 살짝 벼락 맞은 거 같대."

"누구네 집인데?"

"향교 바로 옆집이래."

나는 부지런히 교문을 나왔다. 향교마을은 저번에 살던 동네보다 더 멀다. 학교에서 단체영화 보러 갈 때 지나갔을 뿐이지만 향교는 문화재라 금방 찾을 수 있다. 그 옆집이라면 대추나무를 벌써 찾은 거나 다름없다.

향교마을까지 삼십 분쯤 걸어갔다. 향교가 보통 집들과 달라서 마을에 들어서자마자 금방 알아볼 수 있었다. 옆집이 둘인데 한 집에만 나무가 있었다. 그나마도 장독 뒤에 있어서 함부로 들어갈 수가 없었다.

"너, 누군데 여기서 얼쩡대나?"

안에서 나온 아줌마가 눈살을 찌푸려서 나는 꾸벅 인사만 하고 고개를 못 들었다. 손을 만지작거리기만 하자 아줌마가 들어가려고 했다.

"저기요, 벼락 맞은 대추나무가 있다고 해서 왔는데요."

아줌마가 나를 물끄러미 보았다. 아줌마가 여전히 찡그린 채라 나는 말꼬리를 흐렸다. 그러다 용기를 내서 다시 말했다. 기역 자 나뭇가지를 좀 줄 수 있는지.

"어쩌니. 난 저기서 대추가 열리는 걸 못 봤다 얘."

"대추가 안 열려요?"

"대추나무가 아니라고. 저건 개암나무야."

나는 고개를 숙이고 돌아섰다. 재순이가 놀리려고 거짓말을 한 건 아닐 것이다. 정말이지 그런 얼굴은 아니었다. 나는 용기를 내서 그런 대추나무 있는 데를 아는지 아줌마에게 물었다.

"아버지가 아파서요."

건성으로 나를 대하던 아줌마가 혀를 차더니 뭘 곰곰이 생각하는 듯했다. 그러더니 고개를 갸웃하며 어떤 집을 가리켰다.

"확실하진 않은데, 저어기 빨간 지붕 집에 가 봐라. 그 집에 대추나무가 있는 것 같더라. 벼락을 맞았는지는 모르겠다만."

넙죽 인사하고 얼른 그 집으로 갔다. 한 번 입을 트니까 두 번째는 전혀 머뭇거리지 않을 수 있었다. 그 집에 대추나무가 있기는 했다. 하지만 벼락은 맞지 않았다고 했다. 그 집 할머니는 아버지 이야기를 듣지 않고도 환자한테 그 나무가 필요하다는 걸 아는 듯했다. 그런 나무는 귀하다고, 그래도 찾아봐야 한다며 내 머리를 쓰다듬어 주기까지 했다.

"성공회 마당에도 오래된 대추나무가 있지 아마."

또 얼른 거기를 떠났다. 성공회라면 나도 아는 곳이다. 하지만 거기에서는 대추나무를 본 기억이 없어 불안했다.

164

성공회 마당에서 놀던 애들이 알아보고 말을 붙였으나 나는 교회 앞뒤 화단을 살펴보느라 변변한 인사조차 나누지 못했다. 그런데 대추나무처럼 보이는 건 없었다. 향나무나 소나무 말고는 모든 나무가 잎을 떨군 때라서 대추나무가 있다 해도 알아볼 자신이 없었다.

"어이구, 연재로구나!"

신부님이 알아보고 말을 붙이자 나는 목이 멨다. 그러나 울음을 삼키고 신부님 말씀을 들었다. 이사 간 곳에서도 하느님을 잘 섬겨야 한다, 학교에 잘 다녀라, 착한 아이가 되어야 한다. 나는 그러겠다고 했다. 그리고 대추나무에 대해 물었다.

"병원엘 가야지, 대추나무는 뭐하게."

"한약방에서 지은 약도 드세요."

"흠. 대추나무가 있기는 했다만, 아마 늙어서 베어 버렸지. 바로 저기에 있었는데. 너도 봤을걸!"

나는 한숨을 포옥 쉬며 돌아섰다. 목이 멨다. 거기에 못생긴 나무 하나가 있었던 게 생각났다. 반짝이는 나뭇잎 몇 개가 달렸던 나무. 대추가 안 열려서 대추나무인 줄도 몰랐다. 어쨌든 그건 없어졌고, 있다고 해도 소용없다. 벼락을 맞지 않았다는 걸 나도 아니까.

"아가, 우리 교우 집에서 대추나무를 본 것 같다. 삼거리 방앗간인데, 한번 찾아가 봐라. 신부님이 보냈다 그러고."

"네. 고맙습니다!"

"그렇지만, 아버지께는 병원엘 가시라고 해라."

서둘러 성공회를 나왔다. 다리가 아프기 시작했다. 시간도 많이 지나서 집도 걱정되었다. 방앗간에 가서 신부님 이야기를 하자 친절하게 대해 주었다. 아버지 이야기를 꺼내지 않았는데도 기역 자 모양의 나뭇가지까지 잘라 주었다. 벼락 맞은 나무는 아니지만 나는 그걸 주머니에 잘 넣었다.

"벼락 맞은 대추나무 찾는 애들이 많네."

"누가 또 왔어요?"

혹시 오빠가 왔었나 싶어 물었는데 아저씨가 다른 소리를 했다.

"웃말 의원집에도 가 봐라. 내가 거기도 가르쳐 주었지."

"의원집이 어딘데요?"

장마당 안쪽 동네를 웃말이라고 하는 줄은 알아도 의원집이 어디인지는 몰랐다. 그래도 마지막으로 거기까지 가 보고 싶었다. 방앗간을 나오는데 아저씨가 덧붙였다. 웃말에 가서 물으면 할아버지가 한의원인 집은 다 안다고.

주머니에 기역 자 가지가 있어서인지 그만 집으로 가고 싶기도 했다. 엄마가 오기 전에 저녁밥을 안쳐야 한다. 이건 얼마 전부터 내가 꼭 해야 하는 일 중에 하나다. 그러나 한 군데만 더 가 보기로 했다.

나는 이제껏 객사리 사람들은 우리와 아무 상관이 없는 줄 알았다. 친척인 외가마저 살가운 적이 없었으므로. 그런데 오

166

늘 내가 만난 사람들은 달랐다. 밤중에 유정이네 집에 들어섰을 때 나를 감싸던 온기 같았다. 나와 아픈 아버지를 위해 진심으로 말을 보태 주었다. 그러니 나도 끝까지 해봐야 한다.

막걸릿집을 지나고 양조장 앞으로 뛰어가는데 똘이가 불렀다. 개랑 노닥거릴 때가 아니라서 무시하고 지나가자 똘이가 내 뒤에 대고 소리쳤다.

"찾았니? 난 아직이야!"

걸음이 뚝 멎었다. 똘이가 무슨 말을 했는지 처음에는 몰랐다. 손나발을 하고 똘이가 다시 외쳤다.

"재순이는 하나 얻었대. 근데 벼락 맞은 건 아니래!"

목이 콱 잠기며 눈물이 핑 돌았다. 재순이랑 똘이도 벼락 맞은 대추나무를 찾아다니고 있었던 모양이다. 방앗간에 찾아간 애도 재순이였나 보다.

"나도 하나 얻었는데, 벼락은 안 맞았대!"

나도 소리쳤다. 눈물이 나서 코맹맹이 소리가 났다. 똘이가 손을 흔들고 어딘가로 뛰어가고 나도 다시 뛰었다. 웃말 의원 집을 찾아서.

텃밭에서 낙엽을 태우고 있는 아줌마에게 묻자 아줌마가 그럴 줄 알았다는 듯 빙긋 웃으며 동네 끄트머리 집을 가리켰다. 응달에는 서릿발 꼿꼿한 가을 끝, 결코 포근할 리 없는 때건만 오늘만큼은 나를 둘러싼 바람이 차가운 줄 몰랐다.

나는 날듯이 달려갔다. 재순이랑 똘이가 우리 아버지를 위해 뛰어다니고 있다. 고맙고 기뻐서 날개라도 단 것처럼 몸이 가벼웠다. 너무 정신없이 달려서 하마터면 어떤 아줌마랑 부딪힐 뻔했다.

"너 어딜 그렇게 가니?"

정신을 차리고 보니 오빠를 양자 보내라고 부추기던 숙이네였다. 불현듯 그날 기분이 고스란히 되살아나 숙이네를 차갑게 바라보고 돌아섰다.

"어른들은 안녕하시니?"

속이 확 상해서 숙이네를 다시 보았다. 아줌마 때문이에요. 쏘아붙이고 싶은 기분. 그러나 속상해도 어른한테 말을 함부로 하면 안 된다. 그래서 나는 예의에 어긋나지 않게 말했다. 화를 꾹꾹 씹듯이 또박또박.

"안녕하지 않으세요. 아버지가 편찮으시거든요. 많이요."

숙이네가 나를 빤히 보았다. 내 말에 귀를 기울이는 건지 나를 뜯어보는 건지 알 수 없는 시선. 숙이네가 그렇게 빤히 보는 게 싫다. 나는 쌀쌀맞게 돌아서서 끄트머리 집을 찾아갔다.

"뭐야……. 여기로 가면 그 집인데."

걸음이 차츰 느려졌다. 교회를 지날 때부터 설마 했다. 그래서 지나가는 어른에게 의원집이 어디냐고 다시 물었다. 짐작대로 의원집은 동네 끄트머리 태일이네였다.

대문이 열려 있었다. 열린 문 앞에서 망설였다. 여기까지 왔는데 그냥 갈 수도 없고 무턱대고 남의 집에 들어갈 수도 없었다. 그때 안에서 인기척이 났다. 재빨리 담 모퉁이를 돌아 숨었다. 안에서 나온 사람은 뜻밖에도 오빠 연후였다. 먼저 온 것을 보니 오빠도 방앗간에서 태일이네를 찾아가라는 말을 들었던 모양이다.

나는 얼굴을 확 찡그리고 입술을 깨물었다. 도대체 왜 숨었는지 모르겠다. 숨고 나니까 뻔뻔하게 나가기도 어려웠다.

"할아버지께 고맙다고 말씀드려 줘."

"그러지 뭐."

"너한테도 고맙다. 내 동생 꽃병도 그렇고."

"그거야 뭐, 내가 깬 거나 마찬가지였으니까."

귀가 쫑긋했다. 태일이 목소리다. 그런데 꽃병을 깼다니. 그럼 그때 우물가로 공을 몰고 온 상급생이 태일이가 맞는 거였다. 잘못 본 게 아니었다. 그랬으면서 잘난 척하다니. 하느님이 지옥 불에 떨어뜨릴 거라고 겁주면서. 창피하게 만들면서.

조용해서 살짝 내다보니 오빠가 저만치 가고 있었다. 대문으로 들어가려던 태일이가 나를 알아채고 멈칫했다. 내가 왜 숨어 있는지 모르겠다는 얼굴이었다. 그러더니 픽 웃었다.

"아! 알았다. 벼락 맞은 대추나무! 넌 겨우 세 번째야."

태일이를 쏘아보며 다가갔다. 약 오르지만 벼락 맞은 대추나무를 생각해서라도 참기로 했다.

"그거, 오빠가 가져갔어?"

"뭘? 벼락 맞은 대추나무?"

태일이가 또 웃었다. 마치 놀리는 것처럼, 재미난 말장난을 하는 것처럼 입을 놀린 태일이가 나는 참을 수 없게 얄미웠다. 안 그래도 꽃병 일이 생각나서 약 올라 죽겠는데. 게다가 태일이는 고개까지 저었다.

"아니."

대답이 떨어지자마자 나는 이를 악물고 태일이를 냅다 떠다밀었다.

"하느님은 널 지옥 불에 떨어뜨려야 돼!"

"뭐야, 나를 왜?"

"그건 하느님한테 물어봐!"

화가 치밀어 잠시도 거기 있기가 싫었다. 오빠는 뭐가 고맙다고 두 번씩이나 인사를 했을까. 고생스럽게 여기까지 찾아와서 기껏 얻은 게 이거라니. 이런 허탕이라니. 분하고 속상해서 어금니를 꼭 물고 뛰어갔다. 숙이네를 만날 때부터 조짐이 안 좋았다. 방앗간에서 그냥 집으로 갔어야 한다. 그랬으면 저녁밥 안 했다는 꾸지람을 벌어 두지 않았을 텐데.

집으로 오는 내내 불안했다. 태일이 일 같은 건 오래 생각할 처지가 아니었다. 벌써 어두워졌고 추운 날이건만 방문이 활짝 열려 있었다. 가슴이 쿵 내려앉았다. 오빠가 불같이 화를 내며 울부짖는 소리가 멀리에서까지 다 들렸다.

"날더러 어쩌라고! 이렇게 사는 거 정말 싫어! 지긋지긋해! 어른이 뭐 이따위냐고. 외삼촌이고 뭐고, 최소한 우리한테 사과라도 해야 할 거 아냐!"

외가 식구들이 밖에 나와서 보고 있었다. 어둠 속에서. 나를 본 외숙모가 슬그머니 집으로 들어갔다. 재순이가 외숙모를 따라가다 머뭇거리더니 다가왔다.

"아버지 없어졌대. 그래서 오빠가 저렇게 화난 거야."

가슴이 무섭게 뛰기 시작했다. 아버지가 없어지다니. 재순이가 기역 자 나뭇가지를 내밀어서 무심코 받아 들고 집으로 갔다. 엄마는 아직 돌아오지 않았다. 오빠가 울부짖는 통에 겁에 질린 동생들이 방구석에 있다가 나를 보고 울음을 터뜨렸다. 그러자 오빠도 이불 더미에 엎어져 목을 놓아 울었다. 꼭 어린애처럼. 애늙은이처럼 굴고 뭐든 꾹꾹 참더니 우는 건 영락없이 어린애였다.

방문을 닫으려다 나는 어둠 속에 서 있는 아버지를 보았다. 허수아비처럼 위태롭게 바람 속에 서 있는 아버지.

11. 껑다리 집은 바람에게

"그 몸으로 거길 다녀오다니. 지독한 양반이셔……."

외숙모가 몇 번이나 말하며 고개를 절레절레 흔들었다. 아
버지가 직산까지 다녀온 걸 두고 하는 말이었다. 여기서 직산
은 꽤 멀다고 했다. 평택까지 버스를 타고 나가 다시 기차를 타
고 몇 정거장 가야 하는 데라고 했다. 아버지가 없어진 건 말도
없이 직산에 갔기 때문이었다. 다 나아서 올 테니 일자리를 남
주면 안 된다는 말을 하려고.

오빠가 울었던 건 잠깐이고, 아버지도 그 일에 대해서는 한
마디도 안 하셨다. 그래서 엄마만 아들이 울었다는 걸 몰랐다.
나도 오빠가 창피해할까 봐 모른 척했다. 동생들은 오빠가 더
무서워졌는지 당연히 입도 뻥긋하지 못했다. 저녁 내내 꿀 먹

172

은 벙어리처럼 굴던 오빠가 아침 밥상에서는 입을 뗐다.

"태일이 할아버지가 아버지 한번 오시래요. 한의원으로."

아버지는 벽에 기대앉은 채 천장만 보았다. 엄마도 잠시 숟가락질만 했다.

"일단 와 보시래요. 약값 걱정은 말고. 이러고 오래 있으면 안 좋대요."

"잘 고치기만 한다면야……."

아버지를 슬그머니 보며 엄마가 중얼거렸다. 오빠가 태일이한테 고맙다고 한 게 아마 그래서였던가 보다. 나는 머리를 긁적였다. 조금만 더 참을 걸 그랬다. 태일이 할아버지가 약값도 걱정 말라고 했다는데. 그러나 이미 어쩔 수 없다. 다시는 태일이랑 마주치지 않게 조심하는 수밖에.

"아침에 연후 데리고 가 봐요. 약값이야 벌어서 갚으면 되는 거지."

아버지가 고개를 끄덕였다. 안심했는지 엄마가 기역 자 나뭇가지를 집어 들었다

"이거, 벼락 맞은 거 맞다니?"

아버지가 말없이 나뭇가지를 가져갔다. 그리고 작은 칼로 다듬기 시작했다. 그건 삶거나 빻아서 쓰는 게 아니었다. 입을 제자리로 돌아오게끔 도와주는 도구였다. 아버지가 나뭇가지를 입에 끼우고 거기에 묶은 명주실을 귀에 걸었다. 온 가족이 아버지의 일그러진 얼굴을 똑똑히 다 보았다. 나는 아버지한

테 괜찮다고 말해 주고 싶었다. 아프면 어쩔 수 없다고. 그래도 아버지는 우리 아버지라고.

간밤에 바람 소리가 사납더니 바깥이 온통 얼어붙었다. 들판이며 논바닥이 눈이 쌓인 것처럼 하얗게 빛나고 꺽다리 집도 온통 서릿발로 뒤덮였다. 서릿발은 얼어붙은 바람의 입김이었다. 그걸 밤새도록 막아 낸 꺽다리 집이 아침 해가 비치는 쪽부터 녹기 시작했다. 나는 막내를 업고 햇살 드는 자리가 부드럽게 녹아 번지는 걸 지켜보았다.

장이 서는 날이라 엄마는 또 일찌감치 장마당으로 나갔다. 오빠는 아버지와 함께 한의원으로 갔다. 집 안보다 햇살 비쳐드는 곳이 따뜻해서 연경이도 연미도 밖에서 놀았다. 밖에서 곧잘 뛰어놀 만큼 연미의 붓기는 많이 가라앉았다.

잠든 막내를 뉘고 나오는데 재순이네로 낯선 남자가 들어가는 게 보였다. 우물에 가서 설거지를 하고 올 때쯤 그 남자가 나와 꺽다리 집으로 성큼성큼 다가왔다. 그 뒤를 재순이가 따라왔다.

"네가 조연재냐?"

나는 대답 대신 재순이를 보았다. 재순이는 기분 나쁜 소리라도 들은 애처럼 뽀로통한 얼굴로 있다가 휙 돌아서 가 버렸다. 낯선 사람의 손에 제법 큰 꾸러미가 들려 있었다. 그가 꾸러미를 내게 주었다.

"어른들은 안 계시냐?"

"아버지는 침 맞으러 가시고, 엄마는 길 건너 장에 계세요."

낯선 사람이 고개를 끄덕였다. 나는 꾸러미를 어떻게 해야할지 몰라서 가만히 들고 있었다. 그는 더 묻지도 않고 길 건너장으로 가지도 않았다.

"아버지 오시면, 강병직 대신 이 아저씨가 왔었다고 말씀드려라. 저쪽 집 어른한테 말했으니 넌 그렇게만 전해."

강병직. 속으로 되뇌어 보았다. 분명히 아는 이름이건만 참이상한 느낌이다. 처음 들어 보는 이름처럼 낯설다. 마치 상상인지 진짜 기억인지 모호하던 고향 집 여자 꿈처럼. 어른이 되어도 잊을 수 없는 사람인데. 삭막한 이 거리에서 나에게 가장먼저 웃어 주었던, 내 손을 잡아 주고 내 더러운 손을 씻어 주었던 사람인데.

"삼촌은 잘 계세요?"

더듬거리며 묻자 낯선 사람이 가려다 말고 나를 보았다. 그가 고개를 끄덕였다. 두어 번. 그러는 모양이 병직이 삼촌이랑비슷해 보였다.

"네 얘기를 하더구나. 총기 있는 애라고."

꾸러미를 만지작거리며 잠자코 되뇌었다. 총기. 나쁜 말은 아닌 것 같다. 전에도 이런 말을 들었다. 숙이네가 이모할머니네마루 끝에 앉아서 오빠와 나를 보고 했던 말. 사전에서 찾아봐야겠다. 아니, 사전부터 찾아야겠다. 이불 더미 뒤로 떨어져 버린 사전. 사전을 그렇게 취급해서 병직이 삼촌에게 미안하다.

"그 사람이 너한테 보낸 거다."

낯선 사람이 꾸러미를 가리키며 말했다. 가슴에서 쿵 소리
가 나는 것 같아 꾸러미를 꼭 안았다. 병직이 삼촌이 나에게 보
낸 것. 내가 받은 첫 선물은 사전이었다. 이게 무엇인지 몰라도
틀림없이 마음에 꼭 들 것이다. 당장 뜯어 보고 싶어도 엄마 아
버지가 오기 전에는 안 된다. 내가 꾸러미를 안고 생각에 빠진
사이에 낯선 사람이 벌써 멀찌감치 가 버렸다. 꼭 하고 싶은 말
이 마음속에서 웅웅거렸다. 고마워요, 삼촌. 옥란이처럼 죽은
게 아니어서.

꾸러미를 흔들어 보기도 하고 꾹꾹 눌러도 보았지만 뭐가
들었는지 알 수가 없었다. 그래서 안에 들여놓고 재순이네로
갔다.

나를 보자마자 재순이가 앵돌아진 소리로 물었다.

"그게 뭐라니?"

고개를 젓자 재순이 얼굴이 환해졌다.

"우리, 같이 뜯어 볼까?"

나는 또 고개를 저었다. 재순이 성미를 알기 때문에 좀 미안
했다. 병직이 삼촌이 나한테만 뭘 보냈다는 것에 이미 불만스
러울 터였다. 그래서 궁금한 걸 묻지도 못했다. 내게 뭘 보냈다
는 게 고마우면서도 왠지 나는 불안했다. 꾸러미 말고도 다른
일이 있을 것 같아서. 죽지는 않았으나 직접 오지 못할 만큼 무
슨 일이 생겼을지도 모른다는.

"여기다 뭐 지을 거래."

내 속을 보기라도 한 듯 재순이가 한숨처럼 중얼거렸다.

"병직이 삼촌이? 그럼, 우리한테도 집 생기는 거야?"

"바보야. 그게 아니고, 여기를 판대."

재순이가 휭하니 나가 버렸다. 문이 탁 닫히며 찬바람이 훅 다가들었다.

나는 밖으로 나와 위태롭게 서 있는 껑다리 집을 바라보았다. 세상에 하나뿐인 우리들의 집. 한낮에도 서리가 녹지 않고 어두워지면 식구들보다 바람이 먼저 스며들어와 웅크리는 집. 그래도 가끔 햇살에 반짝이는 서리가 눈부시게 예쁠 때 있고, 식구들이 모여서 밥도 먹고 어쩌다 웃기도 하는 집. 그런 집마저 없어질지도 모른다니.

한길을 건넜다. 그리고 장마당으로 뛰어갔다. 오늘따라 엄마가 어디에 앉았는지 얼른 보이지 않았다. 일정한 자리는 없어도 보통 장 끄트머리쯤에 자리를 잡곤 했는데 오늘은 어디에도 엄마가 없었다.

안 보이는 게 당연했다. 벌써 생선을 다 팔았는지 엄마가 생선 함지를 이고 장을 떠나고 있었던 것이다.

"어, 숙이네……."

저만치 숙이네가 보였다. 껑다리 집 쪽으로 한길을 건너는 중이었다.

나는 침을 꿀꺽 삼키며 뛰어갔다. 숙이네가 또 오빠를 양자 보내라고 하는 게 아닐까 싶어 조바심이 났다. 지금은 그때보다 사정이 더 나쁘다. 이제는 꺽다리 집마저 잃을지 모르니.

"엄마!"

연거푸 불렀건만 엄마는 길을 건너서야 내 목소리를 들었다. 엄마가 이미 숙이네와 인사를 나눈 뒤였다. 엄마는 나를 한 번 보기만 했을 뿐 숙이네와 이야기를 계속했다. 나는 차들이 다 지나가기를 기다리며 엄마와 숙이네를 불안한 마음으로 지켜보았다. 그사이 아버지까지 오셨다.

아슬아슬하게 차를 피하며 길을 건너갔을 때는 이미 외숙모까지 와서 어른들이 꺽다리 집 앞에 둥그렇게 모여 있었다. 어린애가 낄 자리가 아니었으나 나는 되도록 어른들 곁에 붙어 있었다. 생선이 고스란히 담긴 함지를 보는 척하며 귀를 기울였다. 여태껏 엄마가 생선을 이만큼이나 남겨서 돌아온 적은 없었다. 오빠 일이라면 당연하다. 장사를 접고서라도 아들을 지켜야 한다.

"우선 급한 것만 챙겨요. 환자가 이런 데서. 큰일 나면 어쩌려고."

숙이네를 흘끔 보았다. 어쩐지 내가 짐작한 말이 아닌 것 같아서였다. 무슨 일인지 아직 모르겠으나 적어도 오빠를 남의 집으로 보내자는 말이 아닌 건 확실했다.

"이거야 원, 이런 신세를······."

아버지가 바람 새는 소리를 냈다. 한숨 같은 소리에다 마스

178

크 때문에 분명치 않은데도 숙이네는 알아들었다.

"연후 아버지, 그런 말 마세요. 몰랐으면 몰라도, 알고야 어떻게 모른 체할까. 남는 방에 들어오라는 건데. 거저 주는 것도 아니고."

"그래도 그 값이면 거저지요."

엄마가 면목 없다는 듯 눈을 내리깔았다. 나는 입술을 꼭 물고서 숙이네를 곁눈질로 보았다. 숙이네가 싼값에 방을 빌려 주겠다고 찾아온 것이다. 그렇게 고마운 말을 들었는데도 나는 속이 켕겨서 마음껏 기뻐하지도 못했다.

"그럼 오늘 안으로 와요. 지금 가서 뜨끈하게 방 데워 놓을 테니."

숙이네가 서둘러 갔다. 엄마가 떠안기려는 생선을 기어이 마다하고. 숙이네는 그저 가기 전에 내 머리를 쓰다듬어 주었을 뿐이다. 나는 목이 기어들 만큼 기가 죽어서 얼굴마저 찡그려졌다.

"숙이네가 큰일 하는구먼, 헤헤헤."

"고마웁지……."

아버지가 바람 새는 소리로 중얼거리며 방으로 들어갔다.

"고모, 숙이네가 먼저 자기네로 오라고 했슈? 헤픈 사람도 아닌디 별일이네."

"그러게. 애들 때문이라고는 하는데, 이유야 어쨌건 살면서 차차 갚아야지……."

전에 없이 나긋해진 엄마 말투에 내 마음이 다 편해졌다. 그런데 나를 보고는 또 눈살을 찌푸린다. 숙이네를 나쁘게만 여긴 게 사실이라 지레 자라목이 된 나를 엄마는 기어이 짚고 넘어갔다.

"지지배가 겁대가리 없이! 앞뒤 분간 않고 찻길 건너다닐래!"

그때 방문이 벌컥 열렸다. 아버지가 이게 웬 거냐는 듯 꾸러미를 펴 보였다. 병직이 삼촌이 보냈다는 것. 빨간색 책가방이었다. 만화책 주인공이 박혀 있는 여자애 책가방.

"으잉, 병직이가 보냈다더니. 연재 선물이래서 뭔가 했더니. 아이구, 좋아 뵈네. 넌 좋겠다 얘."

나는 너무 놀라서 벌어진 입을 다물지 못했다. 꾸러미에 내 책가방이 들어 있으리라고는 상상도 못했다. 당장 안으로 들어가 이불 더미 뒤부터 뒤졌다. 거기서 사전을 찾아 책가방에 넣었다. 고맙다는 말 대신.

"원, 참! 병직이가 어째 연재를 다 챙길까나!"

속이 뒤틀렸는지 외숙모가 집으로 가며 구시렁거렸다. 이번만큼은 헤프게 웃지 않았다. 멀쩡히 사는 사람들 죄다 쫓아내는 놈이 어쩌구 하면서 돌아갔다. 그런 외숙모를 보고 빙긋 웃더니 엄마가 혼잣말을 했다. 초록은 동색이라우. 끼리끼리 알아보는 거지.

무슨 소리인가 싶어 바라보자 이번에는 영 딴소리다. 어서 오라비 찾아오라고. 부루퉁한 나를 또 닦달하는 듯한 표정이된 엄마가 야속했다. 때 되면 어련히 알아서 들어올 텐데 기어이 나를 심부름 보내는 엄마. 엄마는 유독 나만 단단하게 죄는활시위 같다.

"당장 못 움직이니? 서둘러야 구들장 지고 자 볼 거 아녀!"

엄마가 나긋해졌다고 생각한 건 착각이었다.

엄마는 여전히 독하다. 책가방을 끌어안고 뭉그적댈 수 없을 만큼. 고향 떠날 때 이미 엄마는 친절하고 조용한 사람이기를 포기했는지 모른다.

나도 마찬가지다. 이제 더는 맹하지 않다. 엄마가 단단하게독하게 나를 죌수록 나는 강하게 튕겨 나갈 것이다. 책가방을둘러메고 뛰어나가는 지금처럼.

꺽다리 집이 어둠 속에 우두커니 남았다. 마지막 짐이 떠날때 나는 잠시 걸음을 멈추고 돌아보았다. 여전히 바람은 차갑고 어떻게든 안으로 스며들고자 천막을 쑤석거리고 있었다. 어쩌면 바람에게도 집이 필요했던가 보다. 그러지 않고서야 날마다 저렇게 안간힘을 쓸 리 없다. 그래, 꺽다리 집은 바람에게.

너무나 짧았던 시간

가끔씩 자문하곤 했다. 내가 엉성한 조각들로 이루어진 가짜가 아닐까 하고. 누군가의 옷을 얻어다 입고, 유통기한이 지난 음식도 먹어야 하고, 표지와 내용이 맞지 않는 책이나마 갉아먹듯이 읽을 수밖에 없었던 객사리의 유년기가 나 스스로를 믿지 못하게 했을 것이다. 나를 조직하고 있는 것들은 불량하고 메말라서 사소한 충격에도 부스러지고 말 거라는 불신.

어느 날, 인터뷰에서 이상한 질문을 받았다. 아주 어렸을 때 이야기를 해줄래요? '아주'를 강조해서 좀 골똘해졌다. 이 사람은 내가 이제껏 말해 온 것보다 더 어렸을 때를 궁금해한다. 아무도 이걸 물은 적이 없었고, 나조차 내 시간의 바늘을 거기까지 되돌려본 적이 없었다.

아, 거기는 선명한 색깔들의 세계였다. 어른이 아이들에게만 쥐여 주던 색색의 은행들, 토끼에게 색동옷을 해 입히던 불구의 여자, 늙은 앵두나무가 키워 낸 단 하나의 붉은 열매, 오래된 옹달샘의 짙은 이끼, 아이 간을 먹어야 산다는 문둥이들의 진달래 산.

일곱 살 이전의 기억은 딱 여기까지다. 그 후로 청소년기 내내 나는 먼지바람 스산한 객사리의 까칠한 반항아였고, 아직도 나의 내부에서는 이 두 가지가 작용한다. 작가의 유년시절 요람은 작품의 색깔을 지배하고 나는 여기에 속한 아이일 수밖에.

객사리의 바람은 늘 황량했다. 바람 사나운 객사리를 떠나는 꿈, 천 번쯤 꾸었으나 끝내 떠나지 못했다. 병직이 삼촌이 말한 들개는 못 보았으나 그게 나타났다고 해도 나는 결코 물리지도 죽지도 않았을 것이다. 그 녀석이 도대체 어떻게 생겨먹었는지 관찰하고 싶은 눈이 어느덧 생겨 버렸으니.

바람이 사는 꺽다리 집

2010년 12월 24일 1판 1쇄
2018년 2월 28일 1판 5쇄

지은이 황선미

편집 김태희, 박찬석, 김태형 | **디자인** 권지연
제작 박흥기 | **마케팅** 이병규, 양현범, 박은희

출력 블루엔 | **인쇄** 천일문화사 | **제책** 정문바인텍

펴낸이 강맑실
펴낸곳 (주)사계절출판사 | **등록** 제406-2003-034호
주소 (우)10881 경기도 파주시 회동길 252
전화 031)955-8588, 8558 | **전송** 마케팅부 031)955-8595 편집부 031)955-8596
홈페이지 www.sakyejul.co.kr | **전자우편** skj@sakyejul.co.kr
블로그 skjmail.blog.me | **페이스북** facebook.com/sakyejul | **트위터** twitter.com/sakyejul

ⓒ 황선미 2010

ISBN 978-89-5828-520-5 44810
ISBN 978-89-5828-473-4 (세트)

이 도서의 국립중앙도서관 출판시도서목록(CIP)은 e-CIP 홈페이지(http://www.nl.go.kr/cip.php)에서
이용하실 수 있습니다.(CIP제어번호: CIP2010004440)